末っ子皇女に転生したら、五人の兄たちの愛が凄すぎる！

雨宮れん

目次

アズライト ◆インテリ長男◆
皇太子。将来の皇帝にふさわしく
なれるよう父の補佐をしており、
優れた政治的手腕を
発揮している。真面目すぎて
冗談が通じないところが
たまに傷。
ユニカ
サフィの使い魔。
ずっとサフィを
探していたようで…？
サフィリナ ◆転生幼女◆
家族から冷遇され、過労死した
前世の記憶を持つ末っ子皇女。
とても病弱＆極端な偏食な
身体であることを知り、家族のためにも
生活習慣を改善しようと奮闘中！
末っ子皇女に転生したら、
五人の兄たちの
愛が凄すぎる！

Characters

フェリオドール ◆武闘派次男◆

第二皇子。剣術に秀でた才能を持つ。
アズライトを尊敬し、弟妹達のことも
可愛がり、自慢に思っている。
力加減がわからずサフィを
振り回してしまうことも。

ラミリアス ◆魔術オタク三男◆

第三皇子。カイロスとは双子。
魔術の天才と呼ばれており、
新しい魔道具や魔術の開発に
貢献している。没頭しすぎると
食事や睡眠を忘れがち。

カイロス ◆芸術家四男◆

第四皇子。ラミリアスとは双子。
芸術の天才で、特に風景画は
高く評価されている。皇宮を離れて
旅に出ることもあり、ラミリアスから
魔道具を持たされている。

ルビーノ ◆ショタ五男◆

やんちゃで元気な第五皇子。
兄弟の中で一番語学が得意。
兄たちと比べると秀でたものが
ないとコンプレックスを
感じているようで…？

プロローグ

会社が寮として借り上げている狭いアパートでひとり暮らし。当然、帰ってきた時には真っ暗である。

「ただいま……」

一応声をかけてみるが、返事はない。

はぁ、と息をついた凛子《りんこ》は、行儀悪く鞄《かばん》を床に投げ出した。身に着けているのは、就職活動の時に買ったスーツとシャツ。

世間ではオフィスカジュアルがだいぶ浸透してきてはいるらしいけれど、凛子の会社ではスーツが原則だ。大切に手入れしながら着てきたが、傷んでいるのは否定できない。

（そろそろ、買い換えないといけないんだけど……うーん、でも、学費以外にも貯金はしておきたいし）

幼い頃から家庭の温かさには恵まれなかった。家族からは、凛子だけ存在しないように扱われて。高校までは親の義務として通わせてもらえたものの、大学進学の費用は出せないと言われて進学は諦めた。

もう少し勉強したかったから、高校卒業と同時に家を出て、自分で学費を貯めてきた。卒業以来、一度も実家には帰っていない。

入学金と学費に該当する分はなんとか貯められた。生活はアルバイトでなんとかなると思う。

今回、スーツは見送りにしておこう。

（冷蔵庫に賞味期限が切れちゃう卵とうどんがあったな。片づけちゃおう）

ここ数日、妙に身体が重い。仕事が終わったあとに在宅で入力のアルバイトもしているから、疲れがたまっているのだろうか。

でも、来年行われる入試に合格すれば、ぎりぎりながらも、進学できる程度の貯金はためられた。

（大学に行ったら……たくさん勉強して、そして）

もう二十四歳だから、現役で進学してきた学生達とは年齢差がある。友人になってもらえるだろうか。

サークル活動もしてみたいけれど、受け入れてもらえなかったらどうしよう。

なんて考える余裕が出てきたのは、明るい未来が少しだけ見えてきたからかもしれない。

身体は重いが、食事はしておかなければ。明日も出勤しなければならないのだから、体調を整えておかないと。

なんとか立ち上がったところでよろめく。

（……あれ）

ぐるりと視界が回転する。おまけに、視界も暗くなってきた。

（だめ……まだ、仕事残ってる……）

食事を終えたら、入力のアルバイトの続きをしなければ。でも、身体が動かない。

そして、凛子の意識は、闇に閉ざされたのだった。

第一章　はじめまして、新しい家族達

遠くから、誰かが呼んでいる声が聞こえてくる。

「……サフィ……目を覚まして……！　お願……い……よ……！」

頭がぐらぐらする。割れそうだ。

真っ暗な中、痛みと戦いながらごろりと向きを変えようとする。

（……重い）

身体って、こんなに重いものだっただろうか。

自由にならないものだっただろうか。

息が苦しい。

懸命に大きく息を吸い込もうとし——胸を喘がせる。

「ぷはっ」

胸の奥につかえていたものが、一度に取れたようだった。はぁはぁと荒い息をつきながら、目を開く。

（……あれ）

視線の先にあるのは見知らぬ天井。黒い地に、銀で星が描かれている。こんな天井、見たことがない。

混乱していたら、側に見知らぬ綺麗《きれい》な女性がいるのに気がついた。

長い銀の髪を、首の後ろで束ねている。紫色の大きな目がこちらを覗《のぞ》き込んでいた。

身に着けているのは、なんだかお高そうなドレス。横たわっている病人の側にいるには、あまりにも華美な服装だ。

「ああ、よかったわ！　息を吹き返してくれた！　サフィ……本当によかった！」

涙交じりの声で叫ぶが、凛子は事態についていけていなかった。

（すみません、どなたでしょう）

たずねようとしたけれど、喉がひりひりとしていて、声が出ない。

「どうしたの？　ああ、お水ね。イレッタ、お水を取って」

声に出さなくてもわかってくれたらしい。誰かが、女性に吸い口を渡す。

口に吸い口があてがわれ、そこから喉に落ちてくる水は、少し甘味がつけられていた。渇いた身体に染み入ってくる。

（……美味しい）

こんな風に親切にしてもらったのは、いつ以来だろう。

家族には縁がなかった。

いや、縁はあったのだろうけれど——あの家で、自分だけは外れ者。早くに家を出て、ひとりで暮らして――。

（あれ？）

目に飛び込んできた小さな手。

いや、小さすぎやしないか？

たしかに大柄な方ではなかったが、一応は成人していたのに。

目をぱちぱちとさせて、持ち上げた手を眺めていると、側にいた女性が声をかけてきた。

「サフィ、どうしたの？　んー、まだ、お熱があるのかしら」

（だから、誰ですか、あなた）

心の中で思ったけれど、やはり声にはならなかった。

この時になって、ようやく気づく。

この人、看護師ではなく身内の気安さで自分に接している。

額《ひたい》に乗せられた手はひんやりとしていて、熱い額を心地よく冷やしてくれる。

「やっぱり、まだお熱が高いのね。今のうちにお着替えをしてしまって、もう少し寝ましょうか」

「……だぁれ？」

ようやく口にしたのは、その言葉。

「サフィ？　え、母様のことがわからないの……？　どうしましょう、イレッタ！　イレッタ！」

しまった、と思ったのは一瞬のこと。

今の状況がまったく理解できないまま、頭の痛みが襲いかかってくる。

母様という言葉が意味するところを理解しないまま、ぱたりと意識は閉ざされた。


だぁれ？と優しそうな女性に言ってしまってから数日後のこと。ようやく熱も下がり、少しずつ状況が呑み込めてきた。

（……うん、なんとなくわかってきた……わかってはきたけど……でも、あり得ないでしょ！）

ベッドから出ることからは許されず、天井を見上げながら考え込む。

たぶん、『凛子』は死んだ。もしかしたら、過労だったのかもしれない。

そして、周囲と自分自身を観察して気づいたのは、死んだだけではなく生まれ変わっているらしいということ。

手を持ち上げれば視界に映るのは、ムチムチとした小さな手。上掛け布団を持ち上げて確認してみれば、足も小さかった。

おまけに視界の隅に映る髪は銀色。まだ、目の色は確認できていないけれどあの女性と同じ紫色なのではないだろうか。

こんなカラフルな色彩、前世では見たことがなかった。

（これ、天井じゃなくて天蓋だしさ）

最初に目を開いた時、見知らぬ天井だと思ったのだが、見上げていたのは天井ではなく天蓋だった。ベッドの周囲は、ずっしりとしたカーテンで囲われていて、外の様子はうかがうことができない。

とても大切に看病されているらしいということも合わせて気づく。

（たぶん、いいところのお嬢さんなんだろうな……）

看病してくれていた女性は、いつ目を覚ましても側にいた。そして、素敵なドレスをまとっていた。高そうなレースがついていたのを思い出す。

数日の間、寝たり起きたりを繰り返し、ようやく意識がはっきりしてきたのは昨日だった。あれこれ考える余裕が出てきたのも。

（……あの人が母様、か）

だぁれ？と聞いてしまったが、あの人はこの身体の母親らしい。いや、生まれ変わってしまった以上、身体の母という言い方も違うか。

寝込む前の記憶は、完全にどこかにいってしまっているのだけれど……高熱が続いていたらしいから、熱の影響だと思ってもらえるだろうか。

「サフィ、具合はどうかしら？　起きられそう？」

「……かあさま」

手を伸ばして、母だと認識した女性に抱っこをねだる。

舌ったらずな甘い声。

ベッドに腰を下ろした彼女は、ぎゅうっと抱きしめてくれた。トクトクと伝わってくる心臓の音。

(今の名前は、サフィリナ。サフィリナ・エストラーダ、だっけ)

数日の間、目を覚ましている間は周囲の物音に気を配っていた。

漏れ聞こえる使用人らしき人達の会話を総合すると、この身体はサフィリナ・エストラーダ。とても病弱で、こうやって寝込むのは初めてではないらしい。

身体に回された腕の温かさと、背中をゆっくり撫でてくれる手から伝わってくる愛情。

少なくとも、今回の人生では母親には愛されているようだ。

(前の人生よりは、少しだけまし、かな)

サフィリナになる前は、日本人として二十代、少なくとも二十四歳までは生きていた。

日本人だった頃の名は、恩田《おんだ》凛子。両親、それに兄と姉、凛子の五人家族。

それなりに豊かな家で、小学校に上がるぐらいまでの間は、ちゃんと家族として成り立っていたはず。けれど、その歯車が狂い始めたのはいつのことだっただろう。

両親の遺伝子のうち、いいところだけを受け継いだ兄と姉。逆に両親のいいところは受け継がず、欠点ばかり受け継いだ凛子。

結果として、何事にも優秀で見目麗しい兄姉と、何をやっても凡庸な凛子という極端な兄妹が出来上がってしまった。

（私だって、別にそこまで悪いわけじゃなかったと思うんだけど）

たしかに、目につくほどの美貌ではなかったかもしれないし、優秀ではなかったかもしれない。

けれど、今思い返してみれば、平凡なりに可愛らしい顔立ちだったし、優秀ではない分努力を厭《いと》わなかった。

コツコツと積み上げた努力を、家族の誰も認めようとはしなかった。

いつの間にか凛子は単なる同居人という扱いだった。中学校に上がった頃には、家族全員の家事をするのが凛子の仕事になっていた。

食事の支度も任された。家族の好みを把握し、与えられた食費の中でやりくりして、美味しい料理を提供する。

サッカー部だった兄のどろどろになったユニフォームの洗濯も、書道部だった姉の道具の手入れも、いずれも凛子がやらされた。家事はすべて、凛子の仕事とされたのだ。

どの家事も完璧を求められ、不備があれば泣き出すまで言葉で責め立てられた。殴られることはなかっただけましかもしれない。

家族中の世話をしていても、成績を落とすことは許されず、小学生の頃から努力を続けること十年近く。

プツン、とその糸が切れたのは高校三年生の時だった。

珍しく父が凛子を書斎に呼んだのだ。

『お前を大学にやる金はない。高校を卒業したら自立しろ』

そう言われて、目の前が真っ暗になったような気がした。自分だけ、大学に行かせてもらえないなんて考えてもいなかった。

成績を落とさないよう、高校生になってからも努力は怠らなかった。いや、ますます努力するようになった。

少しでも学費を安くしようと公立の大学を第一志望にし、空いた時間でコツコツとアルバイトをしていた。学費の足しにするために。

凛子が必要としていたのは、私立大学に進学した兄や姉の半分以下の金額。親に頼りきりではなく、自分でも負担するつもりでいたのに。

それなのに、学費を出さないつもりだと父は言う。それを当然と思っているのも、表情から伝わってきた。

（……そっか。いくら頑張っても無駄なことってあるんだ）

大学に行きたい。勉強がしたい。

本当は、凛子の学費ぐらい十分用意できるのもわかっている。ただ、この家の人達は凛子のために余計なお金を使いたくないだけ。

『……わかりました』

凛子の口から出たのは、冷え冷えとした言葉。家族の愛を求めても与えられないのだと、この時悟ってしまった。

学校の先生は惜しんでくれたけれど、親の言うことには逆らえない。

高校を卒業するのと同時に家を出るため、寮のある会社を選んで入社した。

入社してからは、仕事場と寮の往復。余計なお金は使わないよう努力して、大学四年分の学費を準備した。

年に二度、皆が帰省するタイミングでもひとり寮に残った。だって、凛子には帰る家なんてないのだから。

寮でこっそり入力のアルバイトもして、なんとかやっていけると思えたのは二十四歳になった年のこと。

来年には希望の大学に入学できるとようやく希望が見えてきた。でも、記憶はそこで途絶えている。

たぶん、過労死だ。

夢まで、あともう一歩というところまで来ていたのに。

（今の家族にも、あまり愛されていないみたいだし……）

発熱が落ち着いてきた頃から、少しずつ今回の人生の記憶も戻ってきた。けれど、はっきり思い出せたのは母だけだ。父も兄達もいるというのに。

「……あらあら、サフィはすっかり甘えん坊になってしまったのね」

前世のことを思い出していたら、母にぎゅっと抱きついてしまっていたらしい。身体に回されている母の腕に少しだけ力が込められる。

（……うん、前の人生よりずっとまし）

母の記憶以外おぼろげだということからすると、新しい人生でも存在はないものとされているのだろう。

でも、これでいい。

母しか愛してくれなくても、前の人生よりずっといい。

前の人生では、風邪を引いて寝込めば、体調管理もできないなんてだらしないと叱られるだけだったのだから。今の人生の母は、睡眠時間を削ってずっとサフィリナの側にいてくれた。

母だけではない。イレッタだって、側にいてくれた。これ以上、何を望めと言うのだろう。

（……うん、大丈夫。だって、ひとりじゃないから）

愛してくれる人がいてくれるなら、それで十分。父や兄に会いたいなんて考えてはだめだ。

それでも寂しくて、ますます母にしがみついた。その時、扉の外から慌ただしい足音が響いてきた。

「エリアナ！　もうサフィに会ってもいいというのは本当か？」

声と同時に、いきなり扉が大きく開かれた。

（いや、ずいぶん前から戻ってますけど……）

ベッドに起き上がることを許されたのは今日が初めてだが、意識が戻ったのは数日前のことだ。

（……っていうか、この人父親だよね）

サフィリナの記憶の中に、飛び込んできた男性の記憶もしっかりある。

背は高く、肩幅の広いしっかりとした体格。金髪は短く整えられている。三十代後半、いや四十代に入っているだろうか。

こちらを見る青い目の発する光は力強く、サフィリナを見たとたん、きらきらと輝いた。

意識が戻っても会いに来なかったのに、何を今さら言っているのだ。母とイレッタがいてくれるから、別に父親はこなくてもいいのに――と、冷たい目を向けかけた時だった。

「ああ、よかった！　元気になったのだな！」

「ふぇっ」

いきなりこちらにかがみ込んだかと思うと、父は、サフィリナを抱き上げぐるぐると回る。

しっかりとした体格が物語るように、彼の手は強かった。

「わ、わ、わ……ぐるぐるすりゅ……！」

あまりにも勢いよく回るものだから、こちらも目が回ってきた。まだ、病み上がりもいいところなのだから、無理はさせないでほしい。

「あなた？」

そう言う母の声は、ひんやりとしていた。

ものすごい勢いで回っていた父はぴたっと動きを止め、そろっと母の方に目をやる。

サフィリナもつられるように目を向ければ、立ち上がった母は、両手を腰に当ててこちらを睨《にら》んでいた。

サフィリナを見る時は優しい母の目も、今ばかりは絶対零度である。いや、比喩ではなく物理的に。室温が、少しずつ下がり始めているではないか。

「エ、エリアナ……！　待ってくれ、すまん！　悪気はなかった！」

「悪気がないですませないでください！　この子は、とても病弱なのですよ？　そんなに振り回して、また倒れてしまったらどうするのです？　だから、あなたにまだ会わせたくなかったのですよ！」

父が会いに来なかったのには、母が止めていたという理由があったというのをここで初めて知る。たしかに、意識が戻った瞬間この勢いで振り回されていたら、再び悪化していたに違いない。

「かあさま、さむい」

母の発している冷気も、この身体には毒なのではないだろうか。

寒さを訴えながら小さな手を差し伸べれば、母の発していた冷気はしゅるしゅると消えていく。

（魔術がある世界だっていうのは、なんとなくわかっていたつもりだけど）

この数日の間、寝たり起きたりしている間に、どうやら日本とは違う点がいろいろとありそうだぞ、というのは気がついていた。

たとえば、枕元の置かれているテーブルランプ。光源は、ガスでもオイルでも電気でもなさそうだ、とか。

額のタオルは、母が何かつぶやくだけで、元のように冷たさを取り戻したぞ、だとか。

なんとなくわかってはいたけれど、自分が生まれ変わっているらしいという事実を受け止めるだけで精いっぱい。今までは、考えることを放棄していた。

（そういえば、母様は魔術が得意なんだっけ……）

ぼんやりとした記憶を引っ張り出す。母は、魔術師としてもかなりの能力を持ち、特に水や氷を扱う魔術が得意なのだった。

「……すまなかった」

「おろちて」

いきなり抱き上げたかと思えばぐるぐる回り始めるし、力は強すぎるし、デリカシーなさすぎである。

父の身体に手を突っぱねてベッドに戻りたいと訴えると、みるみるしゅんとしてしまった。

けれど、実際身体がつらいのだ。今の回転は、幼い子供の身体にはあまりにも刺激が強かった。

「おみじゅ」

「そうね。お水を飲みましょうね」

水を求めると、水差しから小さなカップに水が注がれた。こくり、と喉を鳴らして飲み込めば、冷たい水が流れ落ちていく。

「悪かった。すぐに戻りたいのに戻れなくて——気が急いてしまっていたらしい」

「魔物が大発生していたんですもの。皇帝としての務めが優先ですわ。すぐ、サフィに会わせるわけにいかなかったのは事実ですし」

「……あ？」

なんか、今、とんでもない言葉が母の口から出てこなかったか。

思わず発した声にふたりとも気づいていない様子だった。

(……身分が高いんだろうな、とは思ってたけど！)

父は、皇帝——ということは、母は皇妃。そして、その間に生まれたサフィリナは。

まさかの皇女様である。いい家のお嬢さんなんだろうなとは思っていたけれど、まさか君主の娘だとは思っていなかった。

だって、皇妃自ら娘の看病をするなんて、前世の常識からしたらあり得なかった。

「振り回して、すまなかったな、サフィ。父様は、サフィの熱が下がってとても安心したのだ」

「……うん」

返事をしてから「はい」だったかもしれないと思い返したけれど、まだ子供。大目に見てもらえるだろう。

「子供達も会いたがっている。そろそろ会わせてやれるか？」

「そうですね。明日の朝には、本格的にベッドから出られるのではないかと。しばらく、あの子達にも会わせていませんでしたし」

ベッドに戻されたサフィリナの側で、夫婦の間には甘い空気が流れている。夫婦の仲は、落ち着きを取り戻したようだ。

兄達も来てくれないと思っていたら、母が止めていたのか。思っていた以上に、愛されているらしい。

今回の人生では、両親の仲は良好のようだ。思わず、前世のことを思い返す。

（違うな。前世でも、両親の仲はよかったか）

それを思い出したら、サフィリナの顔からすんっと表情が抜け落ちた。

前世でも、夫婦仲だけではなく、家族の仲も良好だった。そこから、サフィリナの前世である凜子ひとりはじき出されていただけで。

「サフィ？　どうしたの？　また、具合が悪くなってしまった？　イレッタ、来て！」

「大変だ。侍医を呼べ。騎士団の医師も来てもらってくれ！　サフィがまた熱を出したらしい！」

今までにこにこしていた娘の顔から、表情が消え失せたので、両親は焦ってしまったようだ。侍女は呼ばれるわ、皇宮内にいる医師が呼び集められるわ、大騒動である。診察を受けながら、サフィリナは思った。

どうやら、娘も愛してくれているらしいが——この両親、過保護すぎやしないか？

父親と再会した翌日。

「さあ、姫様。今日は寝間着からお洋服にお着替えをしましょうねぇ」

膝をつき、サフィリナと視線の高さを合わせているのはイレッタ。サフィリナの乳母《うば》にあたる女性だ。意識を取り戻した時、水を用意してくれたのが彼女である。

「あい」

熱も下がり、心配しなくても問題ないと医師の診断結果が出たことで、母は自分の部屋に戻ったようだ。

子供の部屋に泊まり込むなんて、そもそもめったにないことらしい。

「さあ、今日はどれにしますか?」

前世の記憶が戻った今、凛子の意識の方がやや強くはあるけれど、サフィリナとしての意識も記憶も残っている。

(それにしても、娘が欲しいからって頑張りすぎじゃない……?)

見た目があまりにも若いので違和感がなかったのだが、母がサフィリナを生んだのは三十五歳の時だそうだ。五人息子を産んだあと、女の子も欲しくて〝ちょっと〟頑張ってしまったらしい。

なお、長男を生んだのは十六歳の時なので、それはそれで前世の記憶からしたら若い年齢での出産だ。

それはさておき、サフィリナの上には五人の兄がいるわけである。

(イレッタは、一番上のお兄さんの時から乳母なんだっけ……?)

イレッタは、もともと、母の輿入れと同時についてきた侍女。皇家に仕える騎士と結婚したそうで、今では夫婦でお務めである。

結婚後は、長男の乳母となった。その後も乳母として仕事を続けていたが、次男以降の子供の時には、他に乳を与える女性がいて、イレッタは世話係のような役目を果たしていたらしい。

サフィリナの記憶をたどってみれば、なんだか皆、おっかなびっくりでこちらに対応していたような気がしなくもない。それを、以前のサフィリナは『嫌われている』と認識していたようだけれど。

発熱以前の記憶がぼんやりしてしまっているのは、サフィリナの意識に凛子の意識がもぐり込んだからだろうか。

「どのドレスになさいますか？」

考え込んでいる間に、イレッタがサフィリナの前に並べてくれたのは、様々な色合いのドレスである。ピンク、黄色、水色、赤に紫。

この国、ソルヴィア帝国は大陸の半分を占める大国らしい。その国の皇女様となると、三歳児といえど、何十着とドレスを持っているようである。

「んー」

顎《あご》に手を当て、考え込む。

どのドレスも可愛い。そして、今のサフィリナもとっても可愛い。

鏡を見せてもらったけれど、銀の髪に紫色の目という配色は、母と同じものだった。

顔立ちもなんとなく母に似ていたので、成人する頃には母そっくりの美人さんになると期待しておきたいところである。

「きいろにすりゅ」

「かしこまりました」

選んだドレスは、タンポポみたいな色合いの黄色だ。とてもあざやか。

ふわふわと広がるスカートは、幾重ものフリルが重ねられ、襟と袖口には、レースが飾られている。

これから食事に行くので、汚さないようにという気遣いなのだろうか。ワンピースの上から、白いエプロンを着けられた。

エプロンは真っ白で、こちらもフリルやレースで飾られている。このエプロンも、汚したら大ごとになりそうな上質な品だ。

茶色の革の靴を履き、髪は頭の両脇で結び、ドレスと同じ色のリボンで飾る。

鏡を見てみると、鏡の中に天使がいる。

（うん、大丈夫。元気に見える）

紫色の目はぱっちりとしていて、薔薇《ばら》色の頬《ほお》はふくふくとしている。完璧美幼女の完成だ。

「さあ、行きましょう」

「あい」

三歳って、こんなに舌が回らないものだっただろうか。

考えてみるけれど、前世でも身近に子供がいたことはなかったので、詳しいことはわからない。

それより、今日、食堂で兄達と初めて顔を合わせるわけである。

（緊張する……！）

発熱前にも、兄達とはもちろん顔を合わせていたけれど、以前のことは記憶に薄手のカーテンをかけられてしまったみたいだ。

なんとなくは覚えているけれど、確信は持てない。そんな半端な状態。

イレッタと手を繋《つな》いで廊下を歩くと、すれ違う使用人達は廊下の片隅に寄り、丁寧に頭を下げてくれる。

（……たしかに、日本とは全然違うんだな）

廊下を歩きながら、改めてしみじみとそう感じた。

記憶の中でも、この廊下には立派な彫刻が並んでいるというのは把握していた。けれど、今、大人としての思考能力を持った状態で廊下を見ると、思っていた以上に美しい品ばかりである。

壁にかかっているドラゴンの絵など、大迫力だ。さぞや名のある画家の手によるものなのだろう。

「サフィ、もう元気になったのか？」

短く整えられた赤みの強い金髪に、青い目。背は高く、体格もしっかりとしている。

（ええと、この人は……）

いきなりサフィリナを抱き上げたかと思うと、高く持ち上げたままぐるぐると回る。

「ふにゃあああああ！」

頭の中で、考える。この人はフェリオドール。次男のフェリオドールだ。

（ええと、えっと……）

たしか、十八歳。皇太子である兄を支えようとして……。

「おりりゅー！」

いきなりぐるぐる回るのはやめてほしい。子供だからって、三半規管が丈夫だとは限らないのだ。

「フェリ兄上、サフィが目を回しています」

「おっと、悪いな。無事か？」

「ぶじじゃない！」

思わず、ぶっきらぼうに返してしまった。いや、いくらなんでも振り回しすぎだ。性格的には、父と一番似ているのかも。

「怖かった？　俺のところに来ますか？」

ぐるぐる回るフェリオドールを止めてくれたのは――。

（ええと、ラミ兄様、だったかな）

三男のラミリアス。長い銀髪を首の後ろで束ねている。眼鏡をかけているからか、兄達の中では、神経質そうに見えなくもない。

眼鏡の奥の青い目は、サフィリナを見ると優しく細められた。記憶の中では眼鏡越しに睨んでくる怖い人、という認識だったけれど、前世の記憶から判断すれば、むしろ優しい目だ。

「ラミにいさま」

とてとてとラミリアスに近づく。よいしょ、と抱き上げてくれた彼は、フェリオドールと比べるとずいぶん細い。

まだ、十四歳なのでこれから成長するはずだ。

（たしか、魔術の天才っていわれていたような）

使用人達の話を総合すると、ラミリアスは魔術の才能に恵まれているようだ。

眼鏡をかけているあたり研究者っぽい。実際、新しい魔道具や魔術の開発に素晴らしい功績を上げているのだとか。

「うん、元気になったみたいですね。よかった」

「む」

重々しくうなずいて見せると、ラミリアスはほっとしたように笑う。ラミリアスの腕の中から、サフィリナは周囲を見回した。

（……っていうか、この人達私を抱っこするの好きよね……？）

ベッドで母に抱っこをねだったのは、まだ心と身体が一致していなかったからの例外として。父は寝室に来たとたん抱き上げたし、フェリオドールもそう。ラミリアスまで抱き上げてくれるとは思わなかった。

「ずるい！　ずるいよ兄上！　僕だって、サフィを抱っこしたいのに！」

と、横から割り込んできたのは、金髪の少年だ。五番目のルビーノである。

彼はまだ十二歳。いろいろなことに興味を示していて、興味を示したものすべてにかなりの才能を見せているらしいというのは、侍女達の噂《うわさ》から聞いたこと。

母とお揃《そろ》いの紫色の目が、サフィリナを真っすぐに見つめている。

「元気になったんだな、よかったよかった」

ラミリアスの腕の中から、今度はルビーノの腕の中へ。ルビーノは、サフィリナに頬ずりする。

と、そこへひとりの青年が、急ぎ足に食堂に入ってきた。

「よかった。出遅れてしまったかと思った」

入ってきたのは、長男のアズライト。正式に皇太子に立てられたのは数年前のこと。以来、将来の皇帝にふさわしくなれるよう父の補佐をしているらしい。

明るい色の金髪を、皇族にふさわしい形に整えている。青い目には、優しい光が浮かんでいた。女性達がさぞやきゃあきゃあと騒ぐであろう整った容姿の持ち主だ。

絵に描いたような王子様。実際、皇子殿下ではあるわけだが。

「サフィ、君が元気になってくれて、本当によかった」

流れるような動作で、ルビーノの腕の中からアズライトの腕へと移動させられる。

「兄上！　僕が抱っこしてたのに！」

「ごめんよ、ルビーノ。私も、サフィと会うのは久しぶりだからね」

頬に贈られるのは、柔らかなキス。

この家族、こんなにべたべたするのが当たり前なのだろうか。

（いつも、こうだったっけ……？）

サフィリナの記憶を探ってみるけれど、これがこの家族の普通だっただろうか。これで、兄達に嫌われていると思っていたなんて、誤解というものは恐ろしい。

きょときょとと周囲を見回してから気づく。

ひとり、足りない。

「カイにいさまは？」

「ん？」

「カイにいさま、もうひとり」

ラミリアスは双子だ。そっくり同じ顔をしているカイロスがいる。

「ああ、カイロスはまだ帰ってきていないんですよ」

サフィリナを見て、ラミリアスはにっこり。帰ってきていない？　それってどういう……。

「あー！」

思い出した。

ラミリアスが魔術や魔道具の天才ならば、カイロスは芸術の天才。特に風景画に優れた才能を発揮する。

美しい景色を求めて、しばしば皇宮を離れて旅に出る。皇子が旅に出てしまって大丈夫なのかという気もするが大丈夫なのだ。

彼の手は、絵筆を握るためだけではなく剣を握るためにも役に立つ。剣の腕が立つだけではなく、ラミリアスの開発した護身用の魔道具も山のように持たされているらしい。

「いつかえってくりゅ？」

そう問いかけたら、食堂にいる全員が困った顔になった。芸術家を縛るのは難しいということなのだろうか。

（……ふむ。自由人ってわけね）

とりあえず納得しておくことにして、朝食の席につく。

目の前に並んでいるのは、ベーコンと茹で卵に、温野菜のサラダ。温野菜のサラダには、オレンジ色のドレッシングがかけられている。

それからスープもあるし、兄達の前にはその他肉だのソーセージだのも置かれている。育ち盛りの子供が多い家庭らしいボリュームたっぷりの朝食である。

食前の祈りを捧げてから、それぞれフォークを手に取った。

「……あれ？」

フォークを人参に突き刺したら、皆の目が一斉にこちらに集中する。前からこうだったかな?と思いながらも、人参を口に運んだ。

「ま、まじゅい……!」

思わず零《こぼ》れ出た。

人参って、こんなにまずかっただろうか。期待していた人参の甘みはまったくない。それどころか、えぐみのようなものまである。

一度口に運んだものを吐き出すのはどうかと思ったので、そのままもぐもぐと咀嚼《そしゃく》して飲み込む。目の前にあったグラスを引き寄せ、中身を勢いよく流し込んだ。

「ぶふぉっ」

ごくんと飲み込めたのは一部。半分ぐらい吹き出してしまう。期待していた味とはまったく違っていた。

(牛乳薄い……!)

牛乳も、妙に水っぽい。いつも飲んでいた牛乳を、半分ぐらいに薄めたらこんな味になるだろうか。

そういえば、と頭の隅で思い出したのは。

前世の食品は、品種改良が進んでいた。

人参だったらより甘く、より栄養価が高くなるように。おかげで、昔は子供の嫌いな野菜の筆頭だった人参も、今では他の野菜にその席を譲ったそうだ。

牛乳だって、質のいい牛乳が取れるように、餌や生活習慣が工夫されていたはず。牛乳を出す乳牛からして品種改良されていた。

（たぶん、この身体、味覚が悪い方に鋭いんだ……）

半分残っている牛乳のグラスを見つめて固まっていたら、右隣のルビーノがそっと声をかけてくる。

「無理はしなくていいんだぞ。ほら、父上も母上もそう言ってる」

無言のまま、反対側の隣に座っていたラミリアスが口元を拭ってくれた。

どうやら、兄達の間に挟まれて食事をするのがお約束らしい。

（好き嫌いはだめって言わないの……？）

記憶をたどってみる。たしかに、好き嫌いはだめとは言われた記憶はない。

さらに記憶を古いところまで覗いてみれば、この身体は好き嫌いが激しかったようだ。

パンは食べるが、それ以外は肉と魚、あとは果物を少々といったところ。おまけに、その日の気分で食欲があったりなかったり。

（しょっちゅう寝込んでいたのって、このせいもあるんじゃないの……？）

サフィリナが発熱をして寝込むのが珍しくないのは、偏食も理由のひとつなのではないだろうか。

今までの記憶をたどる限り、食事ができれば上々、という感じで見守られていたのか。

（料理人や菓子職人に苦労させてた気がする！）

思い返してみれば、おやつに出されているのは、ホウレン草や人参を使ったカップケーキなど。

少しでも栄養を取らせようという気持ちで作ってくれていたのだろう。蜂蜜で甘みを足された野菜ジュースもそうだ。

「サフィはおとななのです。だから、ちゃんとおしょくじすりゅ」

フォークを右手に握りしめたまま、むふんと鼻息荒く、フォークを伸ばす。

次に捉えたのはジャガイモ。フォークを刺して、ジャガイモを口に運ぶ。

（ドレッシングも、いろいろ考えられているみたい）

本当、料理人達の涙ぐましい努力の結晶だ。とろりとして、チーズの香りのするドレッシングがジャガイモに合う。

この身体はジャガイモのホクホクとした触感も苦手だったようだ。舌の先で押し出しそうになるのを懸命に飲み込む。好みは、今の身体のものが反映されているみたいだ。

「まあああああ！　偉いわ！　ジャガイモをちゃんと食べられたのね！」

食事の場だというのに、母が両手で頬を押さえて声をあげた。

「今日は人参も食べられたね。偉いよ」

アズライトがすかさず頭を撫でてくれる。

「ジャガイモが食べられた記念日をお祝いしなくては。快気祝いも」

父親が顎に手をやって考え込む顔になる。快気祝いはともかく、ジャガイモが食べられた記念日ってなんだ。

「サフィ、にんじんもたべる」

「無理はしなくていいんだからな?」

フェリオドールも、サフィリナを気遣ってくれているらしい。無理はしないが、前世の記憶からすると野菜はある程度食べておいた方がいい。

日本の野菜と比べると、この国の野菜はどれも大味だ。

でも、大丈夫。少しずつ慣れればいけるはず。農業の勉強をして、野菜の品種改良に乗り出すのも悪くないかもしれない。

いきなりだったからびっくりしてしまったけれど、ちゃんと覚悟しておけば、えぐい人参も、薄い牛乳もなんとかなりそうだ。

「うむ」

パンを半分食べたところで、力尽きた。

そもそもあまり食べられる方ではなさそうだが、しばらく寝込んでいたせいで、胃が小さくなってしまっているみたいだ。

「おおかった。ごめんなさい」

茹で卵と野菜は食べたけれど、ベーコンは脂がキツくて残してしまった。

「すごいな、いっぱい食べたじゃないか」

隣にいたルビーノが頭をぐりぐり撫でてくれる。残してしまった分は、そのまま彼の胃の中に消えた。

「そうだ。人参が食べられただけで偉い」

テーブルの向こう側からフェリオドールが手を伸ばし、ルビーノの手に彼の手が加わる。ふたりがかりで撫で回されて、サフィリナはきゃあきゃあと笑い交じりの声をあげた。

(……ってか、アズ兄様までこっち見てる……！)

ラミリアスもそうだけれど、アズライトも手をワキワキさせている。

この兄達、絶対、末っ子を甘やかしすぎだ。愛されていなかったのではなく、心配されていたのかもしれない。


こうして、新しい生活が始まった。

(……愛されているのは嬉しいんだけど)

これがこの国の普通なのか、逆に前世の家族関係が希薄すぎたのか。それは、今のサフィリナには判断できない。

顔を合わせれば、兄達は絶対サフィリナを抱きたがるし、頬や額にキスもしてくるし、真綿のようにサフィリナをくるんでくれる。

たぶん、サフィリナが病弱だというのもあるのだろう。

「いっちにー、さん、し、ごー、ろく、しち、はち、いっちにー、さん、し、ごー、ろく、しち、はち！」

意外と思い出そうと思えばできるものだ。

今やっているのはラジオ体操。

そんなに難しくないと思っていたけれど、全力で身体を動かそうと思うとけっこうハードである。

腕を大きく振って、背筋を伸ばして、足も伸ばして。一周しただけで、虚弱な身体はぜいぜい言い始めてしまう。

「姫様、その動きは……？」

「うんどう！　からだ、きたえてる！」

「それはようございますね」

乳母のイレッタは、いつもサフィリナの側にいてくれる。

サフィリナが見たことのない動きをしていても、子供の遊びとして微笑ましく見守ってくれているようだ。

「あいあい、からだ、じょーぶにする！　サフィ、おとなだから！」

「ええ、すっかり大きくなられて……」

ほろり、とイレッタの目から涙がこぼれる。彼女はハンカチでそっと目元を押さえた。

（今できるのは、このぐらいだけど……）

前世のサフィリナは、ごくごく普通の会社員。

医学的な知識があるわけでもない。

だから、この病弱な身体をどうにかしようと思ったら、栄養バランスが悪くならないように気をつけて食事を取り、適度に運動をするぐらいしか思いつかない。

あとは、生活習慣を規則正しくすることか。

夜更かしはせず、朝はきちんと決まった時間に起きる。昼食を終えたら、少しお昼寝。遊ぶ時には、できるだけ身体を動かせるように外遊びを選んでいる。このあたりは、イレッタが面倒を見てくれる。

「……ふぅ」

腰に両手を当てて、胸をそらす。深呼吸を一回。

「お、シグルド！」

高々と上げた右手をバタバタと振る。

向こう側からこちらに歩いてくるのは、イレッタの夫のシグルドだ。今は、近衛騎士団長という地位についていて、皇族の最終防壁として仕えてくれている。

「姫様、姫様の運動すごいですね」

「しゅごい？」

「ええ、剣の訓練の前に軽く身体を動かすぐらいはしていたのですが、姫様の『ラジオ体操』を行ってから訓練を始めると。怪我をする確率がぐんと減ったんですよ」

「おぉ」

シグルドの目の前でラジオ体操をしていたら、全身をまんべんなく動かせることに気づいた彼が教えてくれとねだってきたのは先日のこと。

教えたところで減るものでもないし、サフィリナが考案したものでもないので快く教えてあげた。

「すごいですよ、本当にすごい！」

「やった、サフィすごい！」

両手を上げて、その場でぐるぐる回る。

とてん、と尻もちをついた。あちゃあ、と心の中で唸って立ち上がる。

こればかりはしかたない。サフィリナの身体は、まだまだこれから成長していくところなのだから。

「イレッタ」

「はい、姫様」

「ねみゅい」

そう口にした時には、もう半分瞼《まぶた》は閉じている。このところ、運動量が増えたからなのか、昼寝以外の時にも眠くなることが増えてきた。

ここ一週間は発熱もないし、いい傾向である。以前は、体調が万全な時の方が少なかった。

「部屋までお連れしましょう」

「ほかの、きししゃんたち……は……？」

シグルドが抱き上げてくれて、すっかり体重を預けてしまう。

近衛騎士達を取りまとめている騎士団長なのだから、サフィリナを運んでいる場合ではないのではないだろうか。

「姫様をお部屋にお連れする時間ぐらい取れますとも」

そう囁《ささや》かれた時には、半分夢の中。

『見つけた！　見つけたでございますよっ！』

耳のすぐ近くで聞こえてくる大きな声。

「……うるしゃい」

シグルドの大きな身体は安定していて、彼の足運びはサフィリナを優しく夢の世界へと誘《いざな》ってくれる。

『主様！　ようやく見つけたのでございますっ！』

なのに、大きな声を出して眠りの世界からサフィリナを引き戻すとはどういう了見だ。

「うるしゃい！って、サフィはいった！」

せっかく抱っこしてもらって、気持ちよく眠りにつきかけていたところだったのに。完全にご機嫌斜めである。

「うるさい……？　ごめんな」

「サフィが可愛くて、つい」

まだ眠い。目を閉じてもう一度寝ようとしたら、耳元で声がする。

顔を上げれば、そこにいたのはアズライトとフェリオドールだった。いつの間に合流したのか。

それより、とサフィリナは首を傾げる。今の声、アズライトのものでもフェリオドールのものでもなかったと思うのだけれど。

じとっとした目で見ると、何を勘違いしたのかフェリオドールはバタバタと手を振る。

「ごめんて、ほんと。悪気はなかったんだって！　ただ、シグルドがサフィを抱っこしてるから、俺が抱こうかなって」

「私は、可愛い寝顔を見ていただけだけどね」

「兄上の裏切り者！」

手をバタバタさせているフェリオドールの横でアズライトは微笑んでいる。完璧な王子様スマイルだが、サフィリナは聞き逃さなかった。

「アズにいさま」

「ん？」

ん？ではない。そこ、首を傾げない。

「れでぃのねがおをみるのは、しちゅれい」

「ああ、ごめんね。レディの寝顔を見るのはたしかに失礼だね。でも、あまりにもサフィが可愛かったから、つい」

ぷい、と顔をそむける。いくら兄とはいえ、女性の寝顔をまじまじ見るのは失礼だ。それが妹で三歳児だったとしても、だ。

「おりゆ」

シグルドの腕から下ろしてもらい、自分の足で歩き始める。

「ああ、ほら。気をつけて」

アズライトが手を差し出す。もう一度、顔をそむけた。寝顔をじっと見ていたのを許したわけではない。

「俺と繋ごう、俺と！」

「私と繋ごう。フェリオドールは、大股だからね」

「兄上？　ちゃーんとサフィに合わせるぐらいできるんだぜ？」

自分の部屋に向かって歩くサフィリナに並ぶように、アズライトとフェリオドールがついてくる。背後をちらっと振り返ったら、シグルドとイレッタがその光景を微笑ましそうに見ていた。

「サフィ、まんなか、こっちはアズにいさま、こっちはフェリにいさま」

しかたない。廊下は三人並んで歩いてもまだ余裕があるほど広いし、ここは兄達に譲ってやろうか。

なんて、偉そうなことを言っているけれど、兄達がこうしてサフィリナを可愛がってくれるのは素直に嬉しい。

自室の前まで送ってもらってから、バイバイと手を振った。

「ふたりともこどもだ」

「姫様が、可愛くてしかたないのですよ。おふたりとも」

少しばかりあきれながら兄達を見送れば、イレッタがくすくすと笑う。

部屋まで戻ってきたはいいけれど、すっかり目がさえてしまった。

「おえかき」

「かしこまりました」

絵を描くと言えば、すぐに白い大きな紙がテーブルに広げられ、その側にクレヨンが用意される。

　少し行儀が悪いけれど、椅子の上に立ってテーブルに身を乗り出した。

「これ、とうさま、かあさま、アズにいさま」

　絵を描くのは好きだ。

　テーブルの上に身を乗り出し、真っ白な紙にクレヨンを走らせる。母にはピンクのドレス。父は、シャツの襟にピンクを加えて、母とお揃い。

　ふたりのすぐ横にはアズライト。

　ここまで描いたところで手が届かなくなった。よいしょ、と椅子から降りて隣の椅子へ。

　フェリオドール、カイロス、ラミリアスに、ルビーノ。両親と兄達の姿を全員描いて満足だ。

子供らしく、のびのびと描けた。

「お上手です！　これは、皆様にお見せしないと」

　側にいたイレッタが、手を叩いて誉めてくれる。

「うん！」

　イレッタが片づけている間に、ベッドによじ登る。ようやく眠気が戻ってきた。

「まあ、姫様。お昼寝の時はお着替えしないといけません」

「……あい」

　そうだった。昼寝の時にも、ちゃんと寝間着に着替えるのだった。お姫様は一日に何度もお着替えするのである。

でも、眠いものは眠い。

ふわ、とあくびをして、今度こそ夢の世界へ。兄達のことは大好きだけれど、サフィリナに夢中になりすぎなのは困る。


ふわふわと、何もない空間を漂っている。夢だな、と心の中のどこかで認識していた。

『主様、ようやく会えたのですよ！』

「……誰？」

ふと、目をやればそこにあったのは見慣れた大人の手。

（……ここでは、大人なんだなぁ。意外とガサガサしてる）

と、気づいたのは、サフィリナとしての生活がひと月も続いているからだ。もう、サフィリナとしての意識の方が強い。

母の手は、凛子の手みたいにガサガサしていない。水仕事もしなくていいし、侍女達が丹念に手入れしているからだ。

この手は、ハンドクリームを塗って手入れする余裕もないぐらい、いっぱいいっぱいの日々を過ごしていた証拠。

（でも、私……頑張ったよね）

誰にも愛してもらえなかったから、自分のやりたい勉強をするために無理をするしかなかった。

その無理でさえも、家族から離れてひとりになってからは楽しかったけれど――。

楽しかったとはいえ、さすがに無理しすぎたか。

けれど、その分、今の家族との幸せを、今の家族に愛されている幸せをより強く感じることができる。

『主様ー！　主様、主様、こっちを見てくださいよぉぉぉ！』

ピヨピヨと頭に響く声。声のする方に目を向ける。

（……何、この鳥）

そこにいたのは、身体の白い鳥である。

どう見ても、シマエナガ。丸く黒い目が、サフィリナを真正面から見ている。嘴《くちばし》を開いた鳥はぴぃぴぃと囀《さえず》った。

『何じゃございませんよ、主様！　ユニカ、ユニカですよ！　主様のユニカです！』

（心読まれた！）

ユニカと名乗った鳥は、なおもしきりに囀り続けている。

まったく聞き覚えのない名前だ。なのに、どこか懐かしい。

『ユニカは、ユニカは主様にお会いしとうございました……！』

サフィリナの肩に飛び乗ったユニカは、さめざめと涙を零す。鳥も泣くのだな、と思っていたらそれもバレていた。

『ユニカは鳥ではございませぬ！　主様にお仕えする精霊でございますよ！』

「……精霊？」

思わず声をあげてしまったけれど、この場合は許されるだろう。

主様に仕える精霊ってなんだ。

『詳しくは後ほど！　主様がお目覚めになったらお話ししましょう！』

翼を広げてユニカは主張する。

（昼寝から起きたら話そうってことなのかな……）

やたらリアルな夢である。

けれど、これがただの夢ではなく、ユニカの存在が波乱を巻き起こすことを、この時のサフィリナは理解していなかった。

第二章　新しい家族が増えました

「……うむ」

昼寝から目覚めたサフィリナは困惑した。目の前に鳥がいるのである。黒い目の愛らしいシマエナガ。

『……主様？』

テーブルの上から、首を傾げてこちらを見る様子は、あざといほど可愛らしい。前世では、ペットを飼う余裕もなかった。いや、家族の可愛がっている犬や猫はいたけれど、凛子が飼いたがっていた小鳥やハムスターは飼ってもらえなかったから。

『ユニカはペットではございませぬ！　主様をお守りする守護精霊でございますっ！』

また、心の中を読まれた。というか、夢だと思っていたら現実世界にもユニカがいるし、どうしてこうなった。

「まあ！　大変ですわ！　精霊様が、姫様を守ってくださるなんて！」

側で見守っていたイレッタが、大声をあげる。それだけではなく、彼女はあっという間に家族全員をサフィリナの部屋に集めてしまった。

「我が一族で、精霊と契約した例はなかったというけれど……これはまた愛らしい精霊だね」

と、思案顔なのはアズライト。

「問題ないだろ。それだけ、うちのサフィが可愛いというだけの話だ」

と、まったく問題視していないのはフェリオドール。

「守護精霊との契約者が出るのは久しぶりですね」

と、ユニカを見つめているのは、ラミリアス。

「可愛い。僕にも触らせて？　撫でさせて？　優しくするから！　ちょっとだけ！　頭の先を指一本でいいから！」

と、人差し指を伸ばしてくるのはルビーノ。

題材を求めて旅に出たカイロスはまだ帰宅していないため、この場にはいない。

『ユニカに！　ユニカに触る時にはそっとなのです。もっと敬うがいいですよ！　ユニカは、力の強い精霊なのですからね！』

と、サフィリナの肩からルビーノの肩に飛び移ったユニカは、大きく身体を膨らませている。

どう見てもシマエナガなのだが、そもそもこの世界にシマエナガは存在するのだろうか。

「精霊殿、娘を守ってくれるというのは本当か？」

『ふふん、ユニカと名前で呼ぶことを許してあげましょう。ユニカは、心の広い精霊ですからね！　もちろん、ユニカは主様をお守りしますとも。ずっとずっとずぅーっと、主様を探し続けていたのですから』

父の問いかけには、首を横に傾けて返事をする。

（それにしたって、私に懐きすぎじゃない？）

と、心の中で問いかけてみたけれど返事はなかった。どうやら、言いたくないらしいと理解して、サフィリナは母の方に向き直る。

「サフィ、ユニカ、おせわする。かっていい？」

『主様！　ユニカは自分で自分の面倒は見られるのですよ！　お側にいさせてもらえればそれで十分！　捨てないで！　ユニカを捨てないでくだされ！』

母がだめだと言ったら捨てられると思ったのか、ユニカは大慌てでサフィリナの肩に戻ってきた。母も、ユニカを捨てさせるつもりはないだろうけれど。

「精霊様を捨てるだなんてとんでもない！　もちろん、サフィのお部屋で暮らしてくださいな。何か、御入用のものは？」

『ユニカは主様のお側にいられればそれで十分なのですよ！』

ユニカの言葉に、母は思案の顔になった。うーん、と唸りながら、顎に手をあてがう。

「その、精霊様は鳥のお姿でいらっしゃるでしょう。お休みになるのに、鳥籠のようなものがあった方がいいのか、クッションをご用意すればいいのか、それとも……何かご希望はございますか？」

精霊に鳥籠は、失礼だと思ったのかもしれない。

精霊が人前に姿を見せるというのはそうそうないらしいので、ユニカをどう扱ったものか、母も困惑しているようだ。

『ユニカは、主様のお側にいられればなんでもいいのです。でも、鳥籠というのは興味があるのですよ』

「かしこまりました。お休みになれるよう、すぐにご用意いたしますね」

側にいた侍女に、母は何か耳打ちする。心得た顔でうなずいた侍女は、するすると引き下がっていった。

サフィリナの肩に戻ってきたユニカは、首筋に顔を擦り寄せてくる。ふわふわとしていて、くすぐったい。

小さく笑ったサフィリナは、ユニカの顔を指でなぞってやった。

(主様、ユニカはずっと主様のお側におりますからね)

(無理はしないで。ユニカが私の側にいたいって思ってくれる間だけでいいんだから)

それからユニカは、家族の間を自由に飛び回る。力が強い精霊だと聞かされても、その愛らしさに皆ユニカを愛でる方に夢中になっているらしい。

部屋に戻った時には、イレッタが鳥籠をサイドテーブルに置いているところだった。

「わー、すごい！」

感嘆の声が漏れたのも当然のこと。

鳥籠はピカピカと輝く黄金製だった。フレームには、ところどころ、模様が編み込まれている。

それから、籠の側には、小さな陶器の器。こちらは、水浴びに使うらしい。

「みずあび、する？」

『水浴びもしますが、主様のお風呂にご一緒します！　お風呂も守らねばなりません！』

「わかる。おふろはむぼうび」

重々しくうなずいた。

前世の記憶に間違いなかったら、歴史上の偉人の中には、入浴中に暗殺された人もいたはずだ。

今のサフィリナを暗殺しようとする人がいるとは思えないけれど、わざわざ精霊がサフィリナを捜して守りに来るぐらいだ。

用心するにこしたことはないのかもしれない。

ユニカが意外とあっさり受け入れられたので、サフィリナの生活にはユニカとの散歩が加わった。

「おお、フェリにいさまがしゅぎょうしてる」

フェリオドールは、剣術の才能という点では兄妹の中で一番なのだと教えてもらった。

もちろん、アズライトも剣術の修行はしたし、カイロスもラミリアスもルビーノもそれは同じ。

ただ、その中でフェリオドールの才能が突出しているという。十三歳の時には、当時の騎士団長を剣術の試合で負かしたというから驚きだ。

「ユニカ、フェリにいさまのところにいこう」

他にすることもないので、フェリオドールの訓練を覗きに行く。と、そこにルビーノが加わるのが見えた。

慌てて出入り口をかねた窓から庭園に出て、ふたりのいる場所まで向かう。少し離れたところからイレッタがついてくる。

「フェリにいさま、フェリにいさま、おけいこ、してる？」

「おー！　稽古してるぞ！　ユニカも来たか！」

『もちろん！　主様の行くところなら、火の中水の中でございますよ！』

ユニカは胸を張るが、火の中や水の中にサフィリナが行くことはない。

「ルビにいさまも、おけいこ？」

「うん。もっと強くなりたいからな！　フェリ兄上より強くなるんだ！」

胸を張ったルビーノは、フェリオドールに稽古を見ていてもらったようだ。彼の手にあるのは、訓練用の木剣である。

サフィリナは、その場でぴょんぴょんと跳びはねた。

「サフィも！　サフィも、おけいこ、する！」

前世では、剣道をやってみたいと思っていたのだ。中学生の時、剣道部の活動を見て、格好いいと憧れた。

もっとも、サフィリナの前世である凛子は、放課後はすぐに家に戻って家事をしなければならなかったので入部はしなかった。剣道をやりたいと家族に言ったところで、道具も揃えてもらえなかっただろう。

こちらの世界に剣道はないけれど、剣術なら学べる。いい教師役も目の前にいるではないか。しかも、実のお兄様だ。この環境を生かさないでどうするというのだ。

（女の子だから、だめって言われるかな……？）

男らしいとか、女の子らしいとか。そんな言葉はもう古いと思うけれど、この国ではまだそういう考え方が中心かもしれない。

まだ、この国がどんな考えを持っているのか把握していないから、判断はできない。

「お、やってみるか？　ルビーノより強くなったりしてな」

「サフィに追いつかれる前に、僕がもっと強くなるって！」

ぐしゃぐしゃとサフィリナの頭をかき回したフェリオドールは、にかっと笑う。

とても健全。体育会系という言葉がぴったりくる。いや、スポーツマンといった方が正解だろうか。

お日様の下で、健康的に活動するのが兄弟の中で一番似合うのはフェリオドールだ。

「にいさまのけん、もちたい！」

「やー、これは重いぞ？　持ってみるのはいいけどな」

フェリオドールは、腰にはいていた剣を鞘《さや》ごと外した。

そして、サフィリナの前に膝をつく。目の高さが同じだ。

（フェリ兄様の目は、綺麗な色だなぁ……）

フェリオドールは、父の目の色を受け継いだようだ。それに、文句なしに顔立ちは整っているし、兄じゃなかったらきっとドキドキしていただろう。

「いいか？　そう、そうやって、ここところを持って。しっかり支えろよ」

「わわわわわ！」

フェリオドールが鞘ごと持たせてくれたけれど重い。受け取った瞬間、前のめりになりそうになった。

「な、重いだろ？」

「ざんねんながら、サフィにはおもすぎたもよう……」

すぐにフェリオドールと同じ重さの剣を振り回せるとは思ってもいなかったが、ここまで重いとは想像もしていなかった。

というか、これを軽々と振り回せるあたり、フェリオドールの筋力はどうなっているのだ。ゴリゴリに盛り上がった筋肉の持ち主というわけでもないのに。前世の言葉で言うなら、せいぜい細マッチョというところだ。

「だろ？　でも、重さを知るのも大事だからな」

「フェリ兄上、僕の素振り見て！」

側で剣を振っていたルビーノが、フェリオドールを呼ぶ。

「ちょっと待ってろ、おお、ルビーノ、上手いな！　真っすぐぶれずに振れているぞ！」

「本当？」

サフィリナを待たせておいて、フェリオドールはルビーノの方に向き直る。兄に誉められたルビーノの声に喜色が交ざった。

どうやら、ルビーノはフェリオドールがとてもとても好きらしい。上手いと言われたとたん、ぱっと顔が明るくなる。

「サフィも！　サフィも！」

ぴょんぴょんと跳ねていたら、足がもつれた。大きくよろめいたところに、ユニカの悲鳴が重なる。

『あああああ、主様、主様！　大変大変！　主様を転ばせるわけにはいかないのですよっ！』

後ろによろめき、尻もちをつきそうになったところで、すっと身体が持ち上がる。転ぶ前に、元の姿勢に戻された。

「おおおお、これがユニカのちから……！」

しみじみとしてしまった。サフィリナが転ぶのさえユニカがなんとかしてくれるなんて。

（でも、やりすぎもよくないんじゃない？　この身体の成長を妨げることにはならない？）

（ユニカは、そんなドジはしないので問題ありませぬ！）

心の中で、ひそひそと囁き合う。ユニカがそう言うのなら、問題ないのだろう、たぶん。よくわからないことはユニカに丸投げだ。

「待ってろって言ったのに」

苦笑いしたフェリオドールは、周囲をきょろきょろと見回した。それから、うーむと唸る。

何か、困らせてしまっただろうか。

「そこの庭師……ああ、チャルだったか。ちょっといいか？」

「ははは、殿下！」

少し離れたところで、花壇の手入れをしていた庭師を呼ぶ。

（この世界って、皇族が使用人の名前を全部覚えているのって普通なの？）

うろ覚えの記憶だが、皇宮には、何千という人が働いている。イレッタのような身近にいる存在ならともかく、庭師と顔を合わせる機会はそうないと思うけれど。

（普通ではありませんねぇ、使用人の雇用は、ある程度上級の使用人に任されているものなの

です。フェリオドールがチャルの名前を覚えているのは、そうすべきだと彼が思っているからでしょう)

(イレッタとシグルド、あと何人かぐらいしかわからないや……)

(主様は、まだ幼いからしかたないのですよ！　庭師と顔を合わせる機会もそうないですしねっ！)

家族と同じことができていないと反省したら、すぐにユニカはフォローしてくれた。その気持ちがありがたい。

(そうだよね、これから覚えていけばいいんだもんね！)

とは思うが、顔を合わせる機会のない人まで覚えるのは難しい。

でも、出会った人の名前は極力忘れないようにしよう。まずはチャルからだ。

小さな拳をぎゅっと握って改めて決意を固めていたら、フェリオドールと話をしていた庭師のチャルが、何本かの木の枝を持って戻ってきた。

(なんだろ)

興味を持って見ていたら、フェリオドールがサフィリナを呼ぶ。

「サフィが持てる重さの剣は、すぐに用意できないんだ。だから、この中からサフィの剣を選ぼう」

「むむむっ」

ルビーノはちゃんとした剣を持っているのに、サフィリナは棒か。えらい違いだ。

（でも、たしかにこの身体で振り回せる剣って、なさそうだし）

もしかしたら、これから発注しないといけないのかもしれない。となると、今日のところはこれで間に合わせるのがいいのだろう。

「フェリにいさま、にいさまはどれがいいとおもう？」

フェリオドールにたずねると、側で素振りをしていたルビーノもこちらに合流した。真剣な顔で、地面に並べられた五本の枝を見つめている。

「そうだな、これとか持ちやすそうだぞ。ちょっと振ってみるか？　あ、チャル。余計な枝を落として棒にできるか？」

「かしこまりましたっ！」

最初に名前を呼ばれた時には、緊張で飛び上がったチャルも、もう慣れたようだ。幾分声は上ずっているものの、飛び上がることなくフェリオドールの選んだ枝を取り上げた。

その枝を持ったかと思ったら、しゅるしゅると皆から少し離れたところに移動する。

「あれ、チャルはどこにいく？」

「俺達の前で刃物は出さない方がいいと思ったんだろうな。なかなかの気配りだと思う」

「フェリ兄上がいるから、問題ないんだけどね」

とルビーノ。フェリオドールに対する信頼は完璧である。たしかに、チャルが鉈《なた》を振り回したところで、フェリオドールに勝てるとは思えない。

『ユニカも！　ユニカもおりますから！　主様をお守りいたしますとも！』

ぴぃぴぃとサフィリナの頭の上でユニカが騒ぐ。たしかに、ユニカがいてくれたらもっと安心だ……たぶん。

（兄様達……だけじゃなくて、家族も守ってくれるの？）

（当然ですとも！　ユニカは存じておりますよ！　主様が、どれだけ家族のことが大好きなのか！　ユニカが全力でお守りいたしますとも！）

今の家族のことがとても好きなのは、しっかりユニカに見透かされているようだ。

ちょっと恥ずかしいけれど、でも、今の気持ちを否定するつもりはない。

（五百年も望んでおられたのです。ユニカは、主様の家族を守るために、この命も捧げましょう）

（え、五百年？　ユニカの命？）

五百年の意味はよくわからないけれど、ユニカの命まで捧げられるのでは重すぎである。

困ってしまったのも、ユニカにはしっかり伝わっていたようだ。

（もちろん、ユニカも命は惜しいのです。主様をお守りして、そして……ですよ！）

（ん、それがいいと思う）

ユニカを犠牲にして、自分だけが生き残るのはちょっと違う気がする。

と、誰にも聞こえないように心の中だけで会話をしていたら、鉈を置いたチャルが再びしゅるしゅるとこちらに戻ってきた。

「殿下、これでどうでしょう?」

「お、いいな。サフィ、これ持ってみろ」

「あい、にいさま」

フェリオドールから渡された棒を持ってみる。

少し離れたところで作業していたから手元がはっきり見えていたわけではないけれど、チャルは鉈で枝を切り落とすだけではなく、素早く形も整えてくれたみたいだ。

手元の皮は薄くはがされていて、持ってみても手がちくちくすることはない。枝も綺麗に落とされていて、先ほどまで葉を持った枝がついていたとは思えないほどだ。

「えい、えい、えい!」

両手でしっかり持って、先ほどのルビーノの姿を思い出しながら両手で振り上げ、振り下ろし、と繰り返してみる。三回で限界だった。

(この身体、貧弱すぎじゃない……!)

心の中で悲鳴をあげる。せめてあと二回、合計五回ぐらいはいけると思っていた。

「上手い、筋がいいぞぉ! 半年もしたら、ルビーノといい勝負かも」

「だから、半年後には僕ももっと上達してるって!」

三回しか素振りができなかったのに、フェリオドールはものすごく誉めてくれる。彼の誉め言葉にやる気がみなぎってしまう。

「えい、えい、えい！」

ほら、もう三回追加できた。

「偉い偉い！」

「すごいすごい！」

ふたりの前で胸を張ったら、ここぞとばかりに誉めてくれる。悪い気はしない。

「ルビーノもすごい！　サフィのいいお手本だな！」

フェリオドールは、ルビーノもきちんと誉める。それで、ルビーノの方も再びやる気に火がついたみたいだった。

（人殺し……じゃなかった、人たらし……！）

（殺してしまっては大ごとですよ、主様！）

前世の仕事場にも、こういう人がいた気がする。その人の頼みなら、ちょっとした無茶なことでも、引き受けてしまうような。

「サフィ、もっとつよくなる」

「僕も負けない。サフィを守らないといけないからね！」

ルビーノは、隣に来るようにサフィリナを促した。

えいえいえい、サフィリナの声が響く。棒をこうやって、振り上げて振り下ろすだけでも意外と楽しい。

調子に乗って、二十回ほど素振りをしたところで、フェリオドールに止められた。

「今日のところは、そのへんにしとけ？　一度にたくさん練習しても、すぐに強くなれるわけじゃないからな」

「あい、フェリにいさま」

ふたりの相手をしながら自習を終えたフェリオドールは、しっかりと棒を抱えて部屋に戻ると言い張るサフィリナに困った様子だった。

「本当に、それ持って帰るのか？」

「フェリにいさまのえらんでくれたぼう。それに、チャルもとてもいいしごとした」

チャルの手際は、とてもよかった。フェリオドールに急に呼ばれ、作業を中断しなければならなかったのに、すぐに対応してくれた。

皇族の前で嫌な顔をするのはたしかに厳禁だろうけれど、サフィリナが使うことを見越し、素手で持っても痛くないように表面の処理までしてくれた。

せっかくそこまでしてくれたものを、置いて帰るのは忍びない。

「まあ、サフィがそう言うならな……ま、剣の注文は今すぐしなくてもいいしな」

と、フェリオドールは納得した様子だったけれど、続く一言をサフィリナは聞き逃さなかった。本当に小さな声で発せられた言葉。

「フェリにいさま、いま、すぐあきるかもだしっていった」

「お、聞こえてたか？　悪い悪い、サフィがどこまで本気か、俺もわからないからな。身体を動かすのはいいことだし、これからもやりたいと思ったら俺のところに来いよ」

「僕のところでもいいよ！」

ずっと側で素振りに付き合っていたルビーノも、フェリオドールに対抗するように頭を撫でてくれる。

「あい、にいさまたち」

この人達にふさわしい妹になりたい。心の奥の方から、そんな思いが込み上げてくる。

「ずるいですよ、ふたりとも。サフィと遊ぶのなら、俺も参加したかったのに」

剣になった棒を振り回していたら、そこに合流したのはラミリアスだった。

仕事を終えたらしいアズライトも、実にタイミングよくそこに加わる。

「べ、別にずるいってわけじゃ」

と、フェリオドールはもごもご口にした。自分が、抜け駆けをした自覚はあるらしい。

抜け駆けになってしまったのは、フェリオドールのせいではないのに。

「なら、アズにいさまもいっしょにあそぶ？　ラミにいさまもよ！」

「遊……ぶ……？」

アズライトの側に寄り、上着の袖を掴《つか》んでねだる。思いがけない言葉を聞いたかのように、アズライトは目を瞬かせた。

「いいな！　何して遊ぶ？　僕、兄上達と遊ぶの久しぶり！」

「いえーい！」

すぐにルビーノが同調した。右手を高く上げたサフィリナと、少しかがんだルビーノはハイタッチ。

「遊ぶ……子供の遊びなんて、俺わかりませんよ？」

と、首を傾げたのはラミリアス。子供の遊びなんてわからないって、彼も前世ならまだ子供に分類される年齢なのに。

（主様、ラミリアスはとても有能な魔術師なので、魔術以外のことにはほぼ興味がなかったのですよ）

（ユニカよく知ってる！）

（主様のために情報を集めましたので！）

ユニカは、サフィリナがこの国で生きていきやすいように、いろいろな情報を集めてくれているようだ。ユニカのような守護精霊がついてくれて、サフィリナとしても幸運だった。

「それなら、おにごっこ、しゅる！」

「鬼ごっこ？」

この国に、鬼ごっこという遊びはなかっただろうか。説明できる気がしなくて、ユニカを見る。もちろん、見ただけで、ユニカはわかってくれた。

『ユニカがご説明いたします！　要は追いかけっこでございます！　最初に鬼と呼ばれる追いかけ役を決めます。鬼にタッチされた人が次の鬼です』

「……鬼が何なのかはわからないけれど、ルールも難しくなさそうだし、サフィも一緒に遊べるかな？」

「あい、にいさま。サフィ、さいしょにおにになる！」

「それなら、まずサフィに鬼をお願いしようか。もう逃げてもいいのかな？」

こういう時、判断するのはまずアズライト。それに従う弟達の彼に対する信頼は絶大だ。

「ここで、じゅうかぞえる。サフィがかぞえているあいだににげて！　いち、に、さん……」

もしかしたら、十数える必要もなかったかもしれない。何しろ、全員、半径五メートルのところから動こうとはしなかった。

「……きゅう、じゅうっ！　って、みんなにげてない！　それじゃおにごっこにならない！」

腰に両手を当てたサフィリナはむくれた。それはもうわかりやすくむくれた。

じっとりとした目で兄達を見やる。これでは、鬼ごっこにならないではないか。

「違う違うサフィ、僕達、ぎりぎりのところでよけるから！」

と、手を振ったのはルビーノだ。ぎりぎりのところでよける。つまり、近くでサフィリナを走り回らせるつもりらしい。

「ルビにいさま、サフィはけっこうはしれる……」

足は短いし、兄達と比べれば遅いのは事実だが、ちゃんと走れるのだ。じっとりとした目で、ルビーノを見やる。

「知ってる。俺達の訓練に付き合ってくれ！」

と、口を添えたのはフェリオドール。このふたり、似ているところがあるようだ。

（ユニカ、手伝ってくれる？）

（もちろんですとも！）

兄達は、サフィリナのことを舐めすぎなのだ。

むっと顔を上げ、サフィリナは両手の指をワキワキとさせた。たしかに身体能力では兄達に遠く及ばないかもしれないが、サフィリナには最高の味方がいるのである。

よちよちと走ると、手を伸ばす。ルビーノはさっとよけた。

向きを変えたサフィリナは、今度はラミリアスの方へ。ラミリアスもあと一歩のところでかわす。

フェリオドールも、アズライトも。本当の本当に、ぎりぎりのところまで待つから質《たち》が悪い。

「ユニカまかせた！」

『お任せあれ！』

アズライトを捕まえようとしたところで、ユニカがピィと声をあげた。とたん、地面から伸びてきた蔓《つる》が、アズライトの足に絡みつく。

「おっと！」

アズライトがよろけたところで、サフィリナがアズライトを捕まえた。

「ふふん、アズにいさまつかまえた！」

「掴まってしまったね……よし、次は私が鬼になろう。十数えるぞ」

アズライトがにやりとする。ちょっと挑発的な表情になっているのは珍しい。入り交じっての鬼ごっこは、お茶の時間だとイレッタが呼びに来るまで続けられた。

＊　＊　＊

きっと、末の妹は長生きしないのだろうな。フェリオドールはそう思っていた。

病弱な末の妹は、めったに自分の部屋から出てくることはない。皇子達の世話係だったイレッタが、主に世話をしている。

けれど、その予想は覆されることになった――こんなに元気になるなんて、誰が想像しただろう。

「にいさまのけん、もちたい！」

ある日、剣の訓練をしていたら、側で見ていたサフィリナが、不意にそんなことを言い出した。いったい、何を言い出すのだろうと思っていたら、剣を振ってみたいらしい。

庭師のチャルに頼んで持ちやすい棒を用意してもらったら、気に入ったようで、持ち歩くようになった。

「……強くならないと、な」

シグルドが剣の相手をしてくれるが、もっともっと強くならないといけない。

「……何を考え込んでいるのかな？」

「兄上」

部屋に戻る気になれなくて、夕食後の団欒が終わっても居間でだらだらとしていたら、戻ってきたアズライトに声をかけられる。

「どうしたら強くなれるのかと思ってさ」

「強く？」

アズライトは、フェリオドールと話をするつもりになったようだ。向かい合うようにソファに腰を下ろす。

「なんのために強くなりたいのかな？　私や君の身分では、そこまで個人の技量は求められないよね」

アズライトの言うこともっともっともである。

皇子が個人の技量を磨いたところで、使う機会はない。わかってはいるけれど、それでも、強くなりたいという気持ちは止められないのだ。

「いざって時、守れないと困るだろ？　騎士達を信頼してないわけじゃない……でも」

皇太子である兄に可愛い弟達。そして、妹。守りたいものはたくさんある。

シグルドの剣技を身に付けたいのに、気ばかり焦って上手くいかない。

語るのはあまり得意ではないが、言葉を探し探しそう語ると、アズライトはうなずいた。

「なるほどね……守りたい、か。私も、君達を守りたいと思っているのだけどね？」

いたずらめいた表情をして、アズライトは笑う。

どうして、兄の前では心情を素直に出してしまうのだろう。自分でもわからない。

「……俺は守ってくれなくていい。俺が兄上に守られているようじゃ終わりだろ。それよりはちびっこ達を守ってやらないと」

フェリオドールからすれば、サフィリナだけではなく、十四歳のラミリアスもカイロスも含めてちびっこ達である。

『……ふむぅ。主様を守るのですか？』

「当然、サフィも守るさ——って、なんでお前ここにいるんだよっ」

サフィリナの守護精霊になったと言っているユニカ。いつの間にか、アズライトとフェリオドールの間にあるテーブルにちょこんと乗っていた。

『よろしい。手伝ってやらんこともないですよ』

「……え？」

『ユニカは主様の守護精霊ですからね。主様の許しがないと動けないのですよ』

いったい、何をするつもりなのだろう。

『お前は、見所があるのです。主様を守るというのなら、手伝ってやらんこともないと言ったのです』

小さな身体から吐き出される尊大な言葉。

けれど、ユニカの言葉は、なぜか信じてもいいように思えた。いや、ユニカがサフィリナの守護精霊だから信じられると思ったのかもしれない。

アズライトが、フェリオドールの肩に手を置く。

「君なら、きっとできる」

「……やってみせるさ」

兄の励ましも、心を強くしてくれる気がした。

――強くなりたい。

フェリオドールを皇太子にしたいという者がいるのも知っている。けれど、フェリオドールにとって大切なのはアズライトを支え、弟妹を愛すること。

ユニカが、手を貸してくれるのなら、ありがたく借りようと思った。

＊＊＊

サフィリナの一日に、新たな日課が加わった。

毎日、午前中の外遊びの時には棒を持って出るようになったのだ。

「ふふん、ユニカ。みているがいい。これは、ユニカソード。いつかそのうち、ここからざんげきをとばせるようになる」

『そんな言葉、どこで覚えたのですか主様。というか、その剣にユニカの名前は恐れ多いのでございますよ！　他の名前！　他の名前にいたしませぬか！』

「サフィをまもってくれるけんだから、ユニカとおなじ。だから、ユニカソード」

『違いますって……！　ユニカの名前は恐れ多いでございます！』

なんて、天下の名剣の名づけについて協議しているようではあるが、実のところただの棒である。

ただの、棒。

けれど、この棒は今のサフィリナにとっては大切なもの。毎日しっかりと持って歩く。

あまりにも大切に持ち歩くものだから、イレッタが棒入れ――剣のケース――を作ってくれた。

乳母は、なんでもできるのである。

赤い布で作られた袋は、サフィリナが背中に背負って移動できるようにベルトがつけられている。それを背負えば、気分は立派な剣客である。

「いっち、にぃ、さんっ、しっ、ご、ろく、しち、はち、きゅう、じゅうっ！　じゅういちっ、じゅうに！」

ちょうど窓の外でフェリオドールがシグルドの指導を受けていたので、ちゃっかりそこに加わる。とはいえ、ふたりの邪魔をするわけにはいかないので、側で素振りである。

ユニカソードを持つのにも、すっかり慣れてきた。

素振りは、一日三十回までと決められている。サフィリナの身体はまだまだ成長途中というか、これから同じ年の子達に追いつこうとしているところ。負担をかけすぎるのも、よくないのだ。

兄達と一緒になって走り回っているからか、前よりは少しだけ、健康になってきた気がする。

「おおおおおっ！」

目を向ければ、シグルドが剣の先から斬撃を飛ばしたところだった。だが、途中で分かれ、右と左双方から的に当たる。

「どゆこと？　なんでわかれる？」

『ユニカは見たことございますよ！　ユニカの前の主様がよく使っていました！』

「まえのあるじ？」

『はい！　ユニカは五百年以上生きていますからね！　主様の前にもお仕えしたことがありますよ』

「そーなんだ」

あれ、なんでだろう。

胸のあたりがもやっとした。ユニカは、サフィリナよりずっと長生きだ。前に主がいたことだってちゃんと理解しているのに、どうしてもやもやするのだろう。

（……ま、しかたないか）

ユニカには、サフィリナしかいないと思うなんてどうかしている。ユニカが自分よりずっと長生きなのは最初からわかっていたし、今さら焼きもちを焼く必要もないはずだ。

「難しい！」

フェリオドールの声が響いてくる。

そちらに目をやれば、フェリオドールの剣の先からも斬撃が飛び出していだ。だが、シグルドの斬撃とは違い、真っすぐに飛んでいくだけ。途中で分かれることもない。

兄妹の中で一番剣術の才能があると言われているフェリオドールでも、剣の先から斬撃を飛び出させた上に、途中でふたつに分割し、さらにカーブさせるというのはなかなかの難題だったようだ。

（ユニカ。フェリ兄様にヒントをあげるのはできない？　前の主様から、何か聞いてない？）

『むむ、主様は優しいのですねぇ……でもまあ、主様のお許しがあれば手伝ってやらんこともないと言っちゃいましたしねぇ……』

ユニカは、もごもごと言っている。手伝ってやらんこともないっていつの間にそんな話をしたのだろう。

サフィリナは優しいわけではない。ただ、フェリオドールの助けになればいいなと思うだけ。

「シグルド、ありがとう。あとはもう少し自分で訓練してみるよ」

窓の向こう側からは、そうシグルドに礼を述べるフェリオドールの声が聞こえてきた。

「では、また明日。失礼いたします、殿下」

たしか、シグルドは、次はラミリアスと訓練するのだったか。魔道具に夢中のラミリアスも、皇子としてやらねばならぬことはしっかりやっているようだ。

『では、主様。ユニカはちょっと失礼するでございますよ』

（うん、お願いね）

身体を丸くしていたユニカは、チチッと鳴いたかと思うと、フェリオドールの側に飛んでいく。

『そこの皇子！　ありがたく思うのですよ、ユニカが指導してやります』

「指導って、ユニカが？」

『あぁん？　お前、ユニカを馬鹿にしているのですか？　ユニカが手伝ってやれば、あっという間に上達するのですよ？』

フェリオドールに指導してくれるのはありがたいのだが、なんであんなにもユニカは高圧的なのだろう。

（ユニカが指導するのですからね、フェリオドールよりユニカの方が偉いのですよ）

（離れていても会話できるんだ？）

（それは、ユニカが精霊だからでございますよ、主様。このぐらいは、当然でございます）

それにしても、少し態度が大きすぎではないだろうか。

と、心の中で思ったら、すっかりユニカに伝わってしまったようだ。

（ユニカの態度はでかいですか？　主様がそうおっしゃるのなら、改めますとも！　ユニカを捨てないでくださいませ！）

（捨てないよ。ユニカは、大事な家族だもの。でも、フェリ兄様も大切な家族だから、ほどほどでお願いするね）

（承知しました！）

聞こえてくる声に耳を傾ける。

『いいですか？　お前は、魔力の使い方が未熟なのですよ。このへたくそめ』

少しも改まっていないが、いいのかそれで。

「……得意ではないな」

『魔力をどう剣に乗せ、どう発動するのかが大事ですよ。お前の魔力でできた斬撃なのですから、お前の魔力でどうにでも動かせるのですよ』

そうなのか、とユニカの指導を聞きながら考える。たしかに、元となる魔力は自分のものだ。身体から離れても、思う通りに操れるかもしれない。

『いいですか。お前に足りていないのは、魔力操作です。ユニカが手伝ってやるから、魔力をどう操作するのかをまずは身に付けるのですよ』

「わかった。よろしく頼む」

『頭《ず》が高いですよ。お前は、師匠にそんなに上からな態度を取るのですか』

態度が大きいのは、ユニカも一緒ではないだろうか。と思っていたら、フェリオドールは深々と頭を下げた。

「よろしく頼む」

『まあ、よろしいでしょう』

ふん、とユニカが鼻を鳴らした気配がした。フェリオドールも、きちんとユニカの指導を受ける気なのだろう。

『いいですか。お前の魔力にユニカの魔力を重ねて流しますよ。面倒だから、さっさとそれを覚えなさい』

「わかった」

それきり、静かになる。ふたりとも黙って、魔力の操作をしているのだろう。

ユニカソードを大切にケースにしまったサフィリナは、枝を拾って地面にゴリゴリと絵を描き始めた。

（そういえば、この世界には魔術が存在するんだっけ）

目の前に、右手を持ってきて見つめてみる。人間の身体には、魔力が流れているそうだ。

その魔力を、どう操作するかで、今の攻撃ができるかできないかが変わってくるらしい。聞くともなしに聞いていれば、ユニカは、フェリオドールにそういった指導をしているようだ。

「……難しくないか？」

『お前は、難しく考えすぎなのですよ。どうせ考えるのは苦手なのですから、黙ってユニカに魔力をゆだねるのです』

「お、おう……」

たしかに、フェリオドールは考えるよりも先に動く方だ。だからって、考えるのは苦手と言ってしまうのは、少しひどいのではないだろうか。

指導を受けている側のフェリオドールが、ユニカの発言をよしとしているので、サフィリナも余計なことを言うつもりもないが。

（でも、あとのことは、ユニカに任せよう……）

いつの間にか、ユニカのことをこんなにも信頼している。

サフィリナのことを主と呼ぶ小さな精霊。なんで、サフィリナを主と呼ぶのだろう。

（まあ、いいか。考えてもしかたないし……）

どうも、ユニカはサフィリナの中にある凛子の記憶を把握しているのではないかと思える節もある。だけど、ユニカは大切な存在。今は、それでいいではないか。

「サフィ、今度は俺と打ち合うか？」

「あい！　やります！」

赤いケースから、丁寧にユニカソードを取り出す。

「いくぞ、フェリにいさま。ユニカソード、くらえ！」

「こらこら、くらえ、なんて言っちゃやだめだろ？」

「おくらいなさい？」

「それもちょっと違うんじゃ」

ペチンペチンと、剣の稽古にしては少し気の抜けた音が響く。棒を持ったサフィリナが、フェリオドールに打ちかかっているのだ。

サフィリナのよたよたした攻撃など、フェリオドールは簡単に防げる。危なくないように見ていてくれるので、問題はない。

「お、今の攻撃はいいな！」

「サフィつよい！」

「半年もしたら俺を超えるかもな」

「それはない」

冷静に返したサフィリナに、フェリオドールはまた笑い声をあげる。

あとから教えてもらったところによると、ユニカの熱血指導により無事にフェリオドールは望んだ技を身に付けられたそうだ。

『ユニカ様と呼んでもいいのですよ』

と、ユニカは小さな胸をそらせていたが、今のところユニカ様とは呼ばれていない。

と、そこへ久しぶりに聞く声が加わった。

「……元気になってる」

「おお、カイロス。いつの間に戻ってきたんだ?」

サフィリナを真っすぐに見ているのは、しばらく出かけていたカイロスである。ラミリアスの双子の弟なのだが、この国でも有数の芸術家として知られている。

皇族のたしなみの枠を超えた素晴らしい作品を次々に生み出しているのだ。インスピレーションを求めて皇宮を留守にしていることも多い。

緩やかなウェーブの髪を、無造作に流している。少し、疲れた顔をしているのは、旅先から帰宅したばかりだからではなく、これが彼の通常だ。少し、気分屋なところがあるのだが、それもまた芸術家だからなのかもしれない。

「サフィが熱出したって……」

それはもう二週間以上前の話である。今のサフィリナは、とても元気だ。「カイにいさま、いま、かえった？」

「うん……ただいま」

「あい！　カイにいさま、あいたかったよ！」

何しろ、凛子としての記憶を取り戻してから顔を合わせるのは、初めてである。丁寧にユニカソードを地面に横たえてから、ぱたぱたとカイロスの方に走り寄った。

「わわっ！」

ありがちなのだが、足がもつれて前につんのめった。幼児の身体は頭が重く、転びやすいのだがまだ慣れない。

けれど、地面に投げ出される前にサフィリナの身体は柔らかく受け止められた。カイロスの腕の中である。

「カイにいさま、カイにいさま、おかえり！」

「……うん」

記憶を取り戻した今、カイロスが今まで以上に懐かしく感じられる。

ぎゅうぎゅうと彼の身体に頭を押しつけ、短い腕でしがみついたら、困ったように背中をぽんぽんと叩かれた。

「カイにいさま、ずっとおうちにいる?」

「……たぶん」

たぶん、か。少し残念ではあるが、カイロスを皇宮に縛りつけるのもたぶん違う。

カイロスから離れたサフィリナは、彼の顔を見上げた。

「おうちにいるあいだは、いっぱいあそんでくれる?」

「……別にいいけど」

「わあい!」

両手を上げて喜んだら、カイロスは驚いたかのように目をぱちぱちとさせた。そんな風に驚かなくてもいいだろうに。

『主様、主様。それは何者なのです?』

「……鳥が、しゃべった」

『ユニカは鳥ではありませぬ。ユニカは、主様の守護精霊なのですぞ!』

「守護精霊」

『ふふん、恐れおののくがいいのです。ユニカはとってもとっても強力な精霊なのです。主様のためなら火の中水の中、どんな労力も厭わぬのですよ!』

「だいじょぶ、そこまでしなくていい」

サフィリナの顔を見、ユニカの顔を見、カイロスはうんとうなずく。納得したらしい。

「今……フェリ兄上と遊んでた？」

「うん、にいさまとけんじゅちゅしてた」

剣術と胸を張ったら、カイロスは口元を引くつかせた。笑いたければ笑えばいい。

この身体を鍛えるためには、こうやってフェリオドールと遊ぶのは大事なことだ。少なくとも、凛子としての記憶があるサフィリナはそう思う。

前世のことは、誰にも伝えるつもりはない。家族に、奇異の目で見られたくないから。

「絵……描いてもいいかな？」

「えをかく？」

「うん、フェリ兄上とサフィの絵を描きたい」

芸術家の心を動かすような何かが、今のフェリオドールとのペチペチにあったのだろうか。

いつの間にかサフィリナの側に立っていたフェリオドールの顔を見上げる。絵ぐらい好きに描いたらいいと思うけれど、フェリオドールはどう思っているだろうか。

「フェリにいさま」

「いいんじゃないか？　カイロスが家族を描きたいっていうのは初めて見るけどな」

カイロスが得意とするのは風景画。

カイロスが描いた絵はすべて、家族が集まる居間に飾られているそうだ。そういえば、居間にはやたら絵があると思っていたけれど、全部カイロスのものだったか。

時々入れ替えているらしいけれど、カイロスが描きたいのであれば、サフィリナとしてはかまわない。

芝生の上に腰を下ろしたカイロスの目の前で、再びフェリオドールと剣を打ち合わせる。

「お、今の攻撃はいいぞ！」

「カイにいさまのまえだからって、ほめてない？」

「ないない。俺は嘘をつかないぞ」

今までよりも、勢いのいい剣を振れたかもしれない。今までのペチンではなく、パチン！と高い音が響いた。

「……上手」

カイロスもそう言ってくれるのだから、今のはたしかに悪くなかったのだろう。

カイロスの描いたふたりの絵が出来上がったのは、それから十日後のこと。

家族の居間に、木剣を持ったカイロスと、枝を振り回しているサフィリナの絵が飾られることになった。

第三章　ちびっこふたりの大冒険

（……いいなあ）

ルビーノは、ひとり、居間にいた。

両親は公務、長兄のアズライトも公務。

次兄のフェリオドールは騎士団と剣の訓練。

ラミリアスは、師匠の魔術師のところに出かけ、カイロスはアトリエでサフィリナとフェリオドールの絵を制作中。

ルビーノはまだ、単独で公務に携わることは許されていないし、騎士団との剣の訓練にも参加を許されていない。

ラミリアスとは別の師匠に魔術を教わっているが、彼は今日は休み。カイロスのアトリエに遊びに行くのも違う気がするし。

（サフィのためにも何もできないし）

妹のサフィリナは、とても身体が弱い。少し前まで、食も細くしばしば寝込んでいた。最後に発熱して以降、好き嫌いは少なくなったようだし、最近はしばしば庭園に出ているのも見かけるようになった。

（僕は、勉強するのが仕事だって皆言うけどさ……！）

優れた政治的手腕を発揮しているアズライト、剣の腕では兄弟随一、帝国全土を見ても、シグルドに次ぐ腕を持っていると言って過言ではないフェリオドール。

ラミリアスは魔術の天才で優れた魔道具を開発しているし、カイロスは芸術家。カイロスは少々掴みどころのないところはあるが、彼の生み出す芸術は高く評価されている。

（僕だけ、何もない）

自分だけ凡庸なのだとルビーノは思っている。

国内最高峰の教育を受け、教師達の期待にばっちり応えてきたルビーノはなかなか優秀ではあるけれど、本人はそう思えないのだ。

「よし！」

絵の前でルビーノは手を打ち合わせた。

兄達は忙しくて、サフィリナの相手をしている余裕はない。ならば、ルビーノがサフィリナを思う存分可愛がってやろうではないか。

最近のサフィリナは、とても元気になった。

皇宮のあちこちにサフィリナの笑い声が響く。

控えめに言って、妹は可愛い。目の中に入れても痛くないという言葉があるらしいが、さすがに目に入れたら痛いとは思う。

でも、サファィリナが笑ってくれるのならできる限りのことはしてやりたいと思うのだから、やはり可愛いのだろう。

兄達がいない今なら、サフィリナを独占しても誰にも文句は言われないし。

（あいつ、まだ知らないところもたくさんあるだろうしな……）

足取りも軽く、ルビーノはサフィリナを捜しに居間を出た。

＊＊＊

今日は、兄達は皆忙しくしているようだ。遊ぶのが仕事のサフィリナと違って、兄達はやるべきことがたくさんあるのだ。

昼寝から目を覚ましたサフィリナは、大きくあくびをした。

寝ても寝ても眠いのは、どういうことだろうか。そろそろ、活動時間をもう少し長くしたい。

「イレッタ」

「はい、姫様」

「あそぶ。おにんぎょう、とって」

ベッドから起きたら、外遊び用の服に着替えさせられる。

午前中用の軽装、昼寝用の寝間着、午後の外遊び用、夕食の盛装に寝間着。毎日最低でも五回は着替えねばならないのは、少々面倒だ。

面倒だとは思うが、皇帝一族たるもの、昼食を食べた時の洋服のままで昼寝をするのは許されないらしい。うっかり寝てしまうと、目が覚めた時には着替えさせられている。

たしかに、軽装とはいえドレスに分類されるものなので、そのままベッドに入るとフリルが邪魔をして寝にくいのは否定できない。

それはさておき、昼寝から起きたら外遊びに使ってもいいドレスにお着替えだ。だが、今日は外に行く気分ではないので、人形を並べてもらう。

（本当に、贅沢よねぇ……）

帝国の子供達の間で流行っているという着せ替え人形。

人形なのにドレスが百着ほどあるのだ。どれを着せてもたしかに可愛いのだが、三歳児のおもちゃにしては度を越していると思わなくもない。

これらは『サフィリナ姫様への贈り物』として、国内あちこちの職人が献上してきたものだそうだ。

ドレスは、仕立屋。仕立屋が献上する時、生地はここの商会から仕入れたもの、レースはこの国から輸出したもの——など、素材についても明記してくるらしい。

母のドレスを献上するのはごくごく一部、御用達となっている仕立屋だけに許された行為だが、サフィリナのおもちゃに関してはその範疇《はんちゅう》にない。

抜け道といえば抜け道だが、こうやって献上されてきた品の中から、新たに採用する候補者を選ぶこともある。不許可にするというわけにもいかないらしい。

（これもまた、政治というやつなのかしら）

サフィリナから『この人形とお揃いのドレスがいい』なんて、要望が出てくるのも期待しているのだろう。

人形のドレスではあるが、人間のものと同じぐらい手がかかっている見事な品々だ。使われているレースの繊細さなんて、ため息が出てしまうほど。

同じように、人形の靴やアクセサリーも職人達が献上してくる。アクセサリーは、宝石を使うのは許可されていないそうで、ガラスで作られたものが大半だ。

こちらも、同じようにサフィリナが両親にねだるのを待っているのかもしれない。

（これ、気をつけないとわがままな子になっちゃうんじゃ）

なんて、冷静に頭の中で考えながら人形の服を着せ替える。選んだのは、ラベンダー色のドレスだ。同じ色に染められたレースがついている。

「くつ、どれにしよう？」

「こちらのお靴などいかがですか？」

イレッタは、嫌な顔をせずにサフィリナの相手をしてくれる。

小さな服や靴を着せ替えるのは難しいけれど、これは指先を動かす訓練にもなっているそうだ――というのは、イレッタが若い侍女に説明しているのを脇で聞いていて覚えたこと。

（たしかに、着せ替え難しい……！）

小さくてムチムチしたサフィリナの手では、人形を着替えさせるだけでもなかなか時間がかかる。前世の記憶があるだけにもどかしくもなるけれど、無心でやっていれば気がまぎれてくる。

もしかしたら、前世でプチプチをつぶしていた時の感覚に近いかもしれない。

「――できた！」

たっぷりと時間をかけて、ドレスを着替えさせる。

靴も履き替え、ガラスのネックレスをつけた。ガラスのティアラを人形の頭に載せる。ピンで固定するのは難しいので、そこだけイレッタにお願いした。

「きれーね」

「とてもお上手ですよ、姫様」

髪はイレッタが上手に結ってくれた。ティアラを載せた人形は、まるでお姫様だ。サフィリナのために作られた人形なので、お姫様で間違いない。

「つぎはっと……」

人形は二体あるので、もう一体を着替えさせることにする。持ち上げた時、ルビーノが部屋にやってきた。

「ルビにいさま！」

「起きたか？」

「おきた！」

サフィリナを抱き上げたルビーノは、サフィリナの頬に頬ずりする。ぎゅうぎゅうと抱きしめられて、少し苦しい。

「サフィ、僕と探検に行かない？」

「たんけん？」

首を傾げて問いかける。探検って何をするつもりなのだろう。

「あのね、サフィはまだちっちゃいから、皇宮の中を全部知ってるわけじゃないだろ？」

「うん」

「僕が案内してやる！」

えへんと胸を張ったルビーノは、サフィリナが断るとは思ってないらしい。自信満々で手を差し出してくる。

（……いいのかな）

サフィリナはちらっとイレッタの方を振り返った。ルビーノと探検とやらに行くのは問題ないが、イレッタの許可は下りるのだろうか。

「ルビーノ様、お茶の時間には居間にいらしてくださいね。それと、本館から出てはなりません」

「わかってる。サフィも一緒だもんね」

普段、生活しているこの建物の中に関しては、護衛をつけなくてもいいとその場で説明される。ラミリアスとその師匠が作った魔道具によって建物全体が守られているそうで、不審者が入る隙なんて皆無だ。

この建物から庭園に出ようとすれば、護衛が必要になる。もっとも、彼らは目につかないところにいるため、サフィリナが気にしたことはないけれど。

「どうする？　行くか？」

「ん、いく」

イレッタが反対しないのであれば、断る理由はない。

「そういや、今日はユニカはいないの？」

「きょうは、おでかけ。せいれいのつどい」

「……精霊の集い」

そういうものがあるとは知らなかったのだが、精霊達は時々一堂に会し、情報交換等を行っているらしい。猫集会のようなものかなと思ったけれど、言葉にしたら怒られそうなのでユニカの前で口にするのはやめておいた。

ルビーノも深く追及するつもりはないらしく、今日はユニカなしで皇宮内を探検することになった。

「探検するぞ！」

「たんけんするぞぉ！」

ルビーノが右手を突き上げるので、一緒になって突き上げる。

それから、ルビーノは、サフィリナのペースに合わせてゆっくりと歩き始めた。

「手を繋ごう」

「あい、つなぐ！」

ルビーノに手を繋いでもらい、ふたり並んでてくてくと歩く。

まずは廊下。ここは毎日歩いているのでよく知っている場所である。

床には、様々な色合いをした大理石のタイルでモザイク模様が描き出され、綺麗に磨かれている。塵ひとつ落ちていない。

壁紙は明るいベージュ。適当な間隔を開けて、絵や彫刻等が飾られている。窓枠や柱は白く塗られていて、開放的な雰囲気だ。

「さーて、どこに行こうかな」

ルビーノはきょろきょろと周囲を見回す。

ここに生まれて三年がたつわけだが、日頃サフィリナが行き来するのはごく限られた場所だけである。自分の暮らしている場所なのに、入ったことがない部屋がたくさんあるのは不思議な気がした。

「よし、こっちだ！」

何度か建て増しされたそうで、建物はあちこち曲がりくねっている。階段を上ったり下りたりしていると、知らない場所に出た。

先ほどまでの明るい開放的な雰囲気とはまったく違い、石造りの壁が時代を感じさせる。

「……あ」

気になる扉を見つけ、サフィリナは足を止めた。

封印されているみたいに、その扉のドアノブは、鎖で壁に繋がれていた。鎖の先には錠前が取りつけられていて、簡単には開けられないようになっている。

試しにドアノブを回してみたけれど、扉にも鍵がかかっているようでがたがたと音がするだけだった。

（……これ、なんだろ）

こんな風に扉を閉鎖しているのは、見たことがない。

もしかして、中には危険な道具とかがあって、扉の鍵と錠前の鍵、両方が揃わないと開けられないようになっているのだろうか。

「ルビにいさま、これなぁに……あれ」

夢中になって扉を見ていたから、ルビーノが先に行ってしまったのに気づかなかった。先ほどまで手を繋いでいたはずなのに、いつの間に解いてしまったのだろう。

「にいさま、ルビにいさま、どこにいった?」

大きな声を出してみたが、返事はない。

こういう時、どうすればいいのだろうか。

(……むむむ)

このままここで待っていたら、ルビーノが迎えに来てくれるだろうか。そう思ってしばらく待ってみたけれど、やはりルビーノは戻ってこなかった。

しかたない。自力で部屋まで戻ろうか。

部屋まで戻ればイレッタがいる。イレッタにお願いしてルビーノを捜しに行く人手を確保してもらおう。

来た道を戻り始める。

(ええと、ここで右、だったな。次は階段を下りて、左)

ちゃんと道順は覚えているのだ。

記憶を頼りに、戻っていく——いや、戻っていったはずだった。

右を見て、左を見てみる。まったく見覚えがない。

ここは、どこだろう。

今、自分が何階にいるのかさえもわからなくなっていた。

（あそこで階段を下りちゃだめだったかな、それとも、階段を上がるんだったかな）

何度も行ったり来たりしていたので、記憶が飛んでしまっている。

ユニカがいれば、人を呼びに行ってもらうこともできたのに。いや、そんなことを考えてはだめか。

（むむむ……うん、たぶんこっちだ。違う、間違いなくこっちだ）

最初のうちは慎重に歩いていたのだが、だんだん早足になり、そのうち駆け足になった。

階段を上って、下りて、角を曲がって、戻って、また別の角を曲がる。

同じところをぐるぐる回っているような気がする。

（このまま、遭難しちゃうんじゃ……！）

だって、どこまで行っても、見覚えのある光景にたどり着かない。自分が今、どこにいるのかわからない。ついには息切れして、廊下の端に膝を抱えて座り込んだ。

耳をすませてみるけれど、聞こえてくるのは風の吹き抜ける音ばかり。それ以外は、しんと静まり返っている。

どうしよう、このままここで誰にも見つけてもらえなかったから。自分の部屋に帰ることができなくなったら。

その恐怖に、ぶるりと身体を震わせた。

「あーん！　わーん！」

ついには、大きな声をあげて泣き出してしまった。だって、心細いものは心細い。

「ルビにいさまぁ！　ユニカ！」

ユニカが留守にしているのもわかっているはずなのに、ユニカの名前も口から出てきた。

どうやら、自分が思っていたよりもずっとユニカを頼りにしていたみたいだ。

どのぐらい泣いていたのだろう。

最初のうちは座り込んでいたのが、そのうち床の上で丸くなってなおもわんわんと泣き続けた。

「サフィ！　ここにいたのか！　ごめん、手を離して……」

やっと、ルビーノがサフィリナを見つけてくれた。あちこち走り回っていたのだろう。彼の顔は汗ばみ、ぜいぜいと息を切らしている。

「ルビにいさま、おいてっちゃやだ！」

「……ごめん、本当に」

ルビーノが申し訳なさそうに眉を下げるから、こちらも申し訳なくなってくる。

封印の扉に見入ってしまい、ルビーノから離れる原因を作ったのはサフィリナなのに。

「サフィもてをはなした。ごめんなさい」

「……本当に、ごめん」

互いに謝罪を繰り返していたら、聞き覚えのある声がした。

『主様、主様！　遅くなったのです、ユニカが戻りましたよ！　精霊の集会なんぞどうでもいいのですが、遅くなってしまって申し訳ございませぬっ！』

ユニカは、どう見ても泣きわめいた直後のサフィリナの顔にぎょっとした様子を見せた。

『ルビーノ、これはどういうことなのです。説明するのです。事と次第によっては、許しませぬぞ！』

ユニカの剣幕に、ルビーノが肩をすくめて小さくなる。ユニカは、ルビーノの目の前でバタバタと翼をはためかせ、嘴をカチカチさせた。

いつもの三倍ぐらいの大きさになっている。知らなかったけれど、精霊だから自由に大きさを変えられるのかもしれない。

「にいさまわるくない。サフィが、にいさまからめをはなした」

『主様がそうおっしゃるのでしたら、許してやらんこともありませんが！　ユニカが、ちょっと目を離したらこれです。お前はもう少し、気を配るといいのです』

「ユニカえらそう……にいさま、わるくない。そこまでにして」

ユニカに用事があって出かけねばならなかったのはしかたのないことだが、ルビーノが叱られるのは違う。

サフィリナはルビーノとユニカの間に割って入る。

ユニカがあまりにもうるさく言うから、ルビーノが泣きそうになっているではないか。彼に、こんな顔をさせたかったわけではない。

『ですが、主様……！』

「ユニカ、そこまでってサフィはいった！」

むすっとした顔でユニカを見やると、気まずそうに視線をそらす。

『あ、そうそう、そうでした！　この建物、面白い部屋があるのですよ』

風向きが悪くなったと思ったのか、ユニカは露骨に話題を変えた。

「面白い部屋？」

ルビーノが目を輝かせる。露骨すぎる気もするがまあいいだろう。ルビーノも少し気が楽になるだろうし。

『ユニカがご案内しますよ。さあ、行きましょう』

この建物は、皇帝一族の持ち物だ。面白い部屋があるって、誰も知らないのだろうか。

ルビーノと顔を見合わせたけれど、ユニカのあとについていく。

階段を上り、下り、そして廊下を歩いてまた下る。廊下の窓から外を見てみると、今は三階にいるようだ。

「ねえ、ユニカ。どこまで行くの？　僕も、こんな場所まで来たことないんだけど」

今度はしっかりとサフィリナの手を握っていたルビーノは、不安になったらしくユニカに問いかけた。ふたりを案内するように前を飛んでいたユニカは、器用に空中で止まる。

翼を広げたまま止まっているから、普通の鳥のように羽ばたきながら飛んでいるわけではないようだ。

『もう少しです。そこの角を曲がったところでございますよ』

ユニカに案内され、廊下の角を曲がる。

と、戻ってきたのは、先ほどサフィリナが目を奪われた扉だった。

『その扉を開けてみるといいのですよ』

「開けてみるといいって……これ、魔術で封印されてるじゃないか」

鎖に手をやったルビーノは、頬を膨らませた。

『それが何か？』

「それが何かって、勝手に開けたら叱られるでしょ、これ」

『叱られません。中に、危ないものはありませんからね』

扉を調べていたルビーノによると、この鎖が魔術でできているそうだ。

ユニカの言葉を信じていいのだろうか。けれど、ここはひとつ、ユニカに従ってみようか。

「にいさま、むり？　むりなら、ユニカにおねがいする」

「む、無理じゃないさ！　開けるよ、ただ、いいのかなって思うだけで……」

『中にあるのは、当時の道具でございますよ。あとおもちゃとか』

「おもちゃ！」

ユニカの言葉に、サフィリナは目を輝かせた。まさか、おもちゃという言葉が出てくるとは思ってもいなかった。

こちらの世界には、人形ぐらいしか小さな子供が遊べるおもちゃはない。

たしかに、遊び始めれば夢中になるけれど、人形遊びというより無心になって何かをやり遂げるという感覚を楽しんでいるという方が近い。

「にいさま、おもちゃ！　おもちゃだして！」

「……まあ、ユニカが危なくないって言うのなら」

ユニカを信頼しているらしいルビーノは、鎖に手をかけた。彼の身体の中を、魔力が巡っているのがサフィリナにはわかる。

サフィリナの身体にも魔力はあるらしいのだが、まだ、身体が小さいので魔力を外に放出するのは無理だと聞いている。七歳か、八歳になったら、そのあたりの訓練を始めるらしい。

「ルビにいさま、しゅごい！　しゅごい！」

ルビーノの身体から、金色の魔力が放出されていく。そして、それは鎖に吸い込まれていった。

かちりと音がして、錠前が外れる。

それを見ながら、サフィリナはぴょんぴょんと跳びはねる。

「これ、魔力食いすぎじゃないか？　どれだけ厳重な封印なのさ……？」

ふと見ると、ルビーノは床に座り込んでしまっている。激しく肩を上下させているのは、呼吸が整っていないから。

「にいさま、だいじょうぶ……？」

無理をさせてしまっただろうか。肩に下げているポシェットからハンカチを取り出し、ルビーノの額を拭いてやる。

「うん、大丈夫」

『こちらはユニカに任せるのですよ！　ユニカは最高の守護精霊ですからね！』

自分で自分を誉めたたえながら、ユニカはドアノブにとまった。そして数度羽ばたいたかと思うと、鍵の外れる音がする。

呼吸を整えたルビーノが、扉を開いてくれた。

「わあっ！」

ルビーノの足元から、室内に目をやったサフィリナは歓声をあげる。

そこはさほど広い部屋ではなかったけれど、室内にはいろいろな面白いものがありそうだった。

窓以外の壁はすべて、背の高い棚が天井まで設けられ、様々な品々が置かれている。部屋の中央にも棚が置かれていて、そこにもびっしりと道具が詰め込まれていた。

ユニカが最初に部屋に飛び込み、くるくるとそのあたりを飛び回る。危なくないと、先に示してくれているようだ。

「こんな部屋、知らなかったな」

おっかなびっくり、ルビーノが足を踏み入れた。サフィリナも兄に続いて部屋に入る。

部屋の中央に置かれている棚は、ルビーノの胸のあたりまでの高さがあった。おそらく、天井まで作ってしまうと、窓からの光がさえぎられるからだろう。

くるりと回ってみると、棚が背中合わせに置かれている。同じようにいくつかの棚が並べられていた。

(……あれ)

棚の中身に気を取られていたが、不意に気づく。あのおもちゃ、見覚えがある。

置かれていたのは、四角いマス目が作られた木製の板。その横にある小さな壺の蓋を開いてみれば、中にあるのは表裏が黒白二色に塗り分けられたコマである。

(……これって)

前世では、リバーシと呼ばれていたおもちゃではないだろうか。

その隣に置かれているのは、細かく区切られた盤上に、様々な命令と思われる文字や絵の描かれたコマの並ぶ薄い板とサイコロ。こちらは、すごろくのような気がする。

「ルビにいさま、ルビにいさま、これおもちゃ！」

興奮して、サフィリナはルビーノを呼んだ。

「……おもちゃ？って、これすごろくか？　昔のおもちゃだぞ、これ。命令は、古語で書かれてるってことは五百年ぐらい前のものかな……？」

こちらの世界にも、すごろくはあったのか。今まで、目の前に出されたことがなかったから知らなかった。

そして、マスの命令文は古語で書かれているらしい。この国で古語と呼ばれるのは、五百年ほど前まで一般的に使われていた文字のことだ。

今の文字はだいぶ当時より簡略化されたものが使われている。魔術書等の特殊な文書だけ、今でも古語で書かれるそうだ。どうりで読めないわけだ。

棚からすごろくを取り出したルビーノは、床に板を広げた。そして、コマをふたつ取り出す。

「やってみようか。このサイコロを振って、出た数だけコマを進める」

「うん」

すごろくなんて、久しぶりだ。前世で、小学生の頃に何度か友達とやったぐらいだろうか。

サフィリナが先でいいとルビーノが順番を譲ってくれたので、サイコロを振る。

「……えいっ」

サフィリナがサイコロを振ると、四が出た。四のマスに書かれているのは、「冷たい海の底。魚達の舞を楽しもう」という意味の言葉だとユニカが教えてくれた。

冷たい海の底に、今から行くのは無理だし行ったところで沈んでしまう。これはどうすべきなのかと思っていたら、ユニカがコマを移動させるようサフィリナをせっついてきた。

指定されたマスにコマを置く。と、周囲の景色が一気に変わった。

「な、な、なんだ、これは！」

「……どうしたの？」

驚いたルビーノが立ち上がる。周囲の景色は、一変していた。室温まで低くなったように感じられる。

ふたりの周囲は海だった。いや、前から部屋に置かれていた棚や、そこに並ぶ品々は変わらずある。けれど、まるで水を通してみているかのようにゆらゆらと揺れているのだ。

「ルビにいさま、みてみて！」

興奮したサフィリナは、ルビーノの腕を引いた。指さした先には、長い尾びれを揺らして泳ぐ魚。それから、そのあとを追うように水色の小さな魚達がついていく。

と、小さな魚の群れは向きを変え、壁の中へと消えていった。

「すごいねえ、これ」

『そうでございましょう。昔の魔道具でございますよ。指定されたマスにコマが置かれると、このように周囲の景色を変えてくれるのです。ある程度、温度も伝わってきますから臨場感があるでしょう』

「……それはすごい」

感心したように言いながら、ルビーノがサイコロを振る。出たのは二の目。

「ええと、燃え盛る炎。山の神の怒りを目に焼きつけよ……？　ユニカ、これ危ないんじゃ」

『何を言うのですか。これは子供のおもちゃですよ。子供のおもちゃが危ないはずないでしょう』

それもそうかと納得した様子のルビーノは、コマを進める。

ひゅっと音がしたかと思うと、周囲の景色が一変した。

「……あちゅい」

思わず、つぶやく。

ふたりが今いるのは、どうやら火山の火口近くのようだった。

ルビーノの右後ろには、真っ赤な炎と溶けた岩、そしてそれが山肌を伝って流れてくる様子が描かれている。

室温も急に高くなったみたいだ。慌ててサフィリナはサイコロを手に取った。あぶなくないとは言われているけれど、この暑さはちょっと怖い。

「……えいっ」

次に出たのは、一。そこにコマを進めれば、また周囲の景色が変わる。今度は草原だ。吹き抜ける風が心地いい。

次にルビーノがコマをとめたのは、昔の街中の光景。

そんなことを繰り返している間に、ルビーノが先にゴールにたどり着いた。

ゴールに誰か到着すると、ひらひらと花弁が舞い落ちてくる。こんなところまでよく考えられている。

「ああ、しまった！」

不意にルビーノが叫んだ。どうしたのかと思えば、とっくの昔におやつの時間は過ぎてしまっていたらしい。

まずい、とふたり顔を見合わせて立ち上がった。

＊＊＊

当然ながら、お茶の時間に遅れてしまったために、母やイレッタから注意を受けることになった。

「ごめんなさい、母上。ごめんなさい、イレッタ」

お茶の時間に遅れないように戻ってくると約束したのに、その約束を守れなかった。ルビーノは、しゅんとしてしまう。

「サフィもごめんなさい。ルビにいさまとあそぶの、たのしかった」

ルビーノの横で、サフィリナも肩を落とした。

最初はすごろくなんて、と思ったのだ。だが、とてもとても楽しくて、ついはしゃいでしまった。大いに反省しなければならない。

「……次からは気をつけなさい。それで、何を見つけたの？」

ふたりが十分反省したと判断したらしい母の興味は、発見されたおもちゃに向いたようだ。表情を穏やかなものに変えてルビーノに問いかける。

「……魔道具でいっぱいの部屋です。母上」

「あら、そんな部屋があったの？」

ふたりが話している横で、イレッタの膝に座っていたサフィリナは、指を吸い始めていた。帰り道を探してあちこち歩いたり泣いたりで、すっかりお疲れのようである。

「あらあら、姫様はおねむのようです。私は、姫様を寝かしつけてまいりますね」

「にいさま、だいすき……」

サフィリナの寝言を聞いたルビーノは、頬を緩めた。

兄達は忙しいから、サフィリナの相手をしてやれるのはルビーノだけなのだ。

「ええと、母上。僕とサフィが見つけたのは、昔の道具が片づけられていた部屋です。ユニカが言うには、使われなくなったものだって」

「そんな昔の魔道具は貴重なものだわ。どうして、宝物庫に入っていないのかしら」

「そこはわかりません。でも、子供のおもちゃが大半みたいです。全部見たわけじゃないけど」

あの部屋に置かれていたのは、先祖が遊んだおもちゃを中心としていたそうだ。

一応魔道具が保管されていたため、封印はされていたものの、子供達だけで開けて問題ないとユニカは判断したらしい。

「ラミ兄上なら、興味を持つんじゃないかって思うんですよ」

サフィリナの相手をしていたら、思いがけない発見をしてしまった。きっと、ラミリアスなら喜んで解析するだろう。

今なら思える。

自分はまだまだ未熟だけれど、頼りになる兄達がいる。可愛い妹がいる。

ルビーノがサフィリナを見つけ出した時、サフィリナはほっとした顔になった。自分でも、サフィリナを安心させられるのだと思ったら、少しだけ存在意義を見つけ出せた気がするのだ。

甘いと言われればそれまでだけれど。

（……うん、焦らないでいこう）

まだ、ルビーノは十二歳。今のところ何も秀でたものは見つけ出せていないけれど、逆にまだこれから出会う可能性は残っているということだ。

兄達の背中を追いかけていけば、いつか、自分が見たいものに出会えるかもしれない。

＊　＊　＊

サフィリナは途中で寝てしまったけれど、ルビーノは、あまりキツく叱られないですんだようだ。ほどほどのところですんでよかった。

そして、ルビーノとサフィリナが発見した部屋に保管されていた魔道具は、一度すべて確認することになった。

「すごいなあ、これ全部魔道具ですよ」

いつもは、舞踏会を開くのに使われる大きな部屋に、発見された部屋から持ち出された品々が並べられている。

それを見たラミリアスは、わくわくとした様子を隠せずにいた。眼鏡の奥の目がギラギラしていて、ちょっと、いや、だいぶ怖い。

「昔の方が魔道具については進んでいたとは聞いていたのですが、本当びっくりです。だって、こんな魔道具見たこともない。これが子供のおもちゃって、昔の人は何を考えていたんでしょうね？　技術の無駄遣いですよ、技術の無駄遣い」

興奮した様子で口早に続けながら、ラミリアスは次から次へと魔道具に触れている。

今使っても問題ない魔道具か、危険なものなのか。ここである程度分けておくらしい。最終的には、ラミリアスの師匠にあたる魔術師が、きちんと判断してくれるそうだ。

師匠が背後にいるという安心感からか、ラミリアスは気楽に分類している様子だ。

「ユニカ、この剣は魔剣だと思うんだけどどうだろう？　私の勘違いかな？」

昔の道具が発掘されるとあって、アズライトもそわそわしている。今日の仕事は朝食前に片づけたそうで、ラミリアスと一緒に魔道具の分類に参加していた。

「魔剣？　それなら、宝物庫に片づけないと。事故が起こってからじゃ遅いだろ」

ルビーノから、剣のようなものがあったと話を聞いたらしいフェリオドールも参加している。

ユニカに話を聞きたいことが出てくるかもしれないと、ユニカも参加を要請されている。

ユニカが参加するのならサフィリナも、というわけで結局兄妹が広間に集合していた。

『それは、おもちゃですよ？』

サフィリナの肩にいたユニカは、ひょいとアズライトの持つ剣の先に飛び移った。

「おもちゃ？　魔剣だと思ったのだけど。ほら、こんなに素晴らしい剣だし」

鞘から剣を引き抜いたアズライトは、けれど、すぐに異変に気がついたようだ。目を瞬かせている。

「ユニカの言う通り、おもちゃだな！　これじゃ切れないもんな」

先に声をあげたのはフェリオドール。引き抜かれた剣は、刃が使えないように細工されていた。

「でも、魔力は感じますよ？」

抱えていた箱を置いたラミリアスが、兄から剣を受け取る。師匠である魔術師の方にそれを差し出すと、彼も魔力の流れを感じとったらしくうなずいた。

『魔力を流してみるのですよ』

「流しても問題ありませんか？」

『ユニカが流せと言ったのだから、とっとと流すのですよ。これだから、子供は困るのです。ユニカの言うことをまったく聞かないのですから』

ぷりぷりとし始めたユニカに苦笑いを向けたラミリアスは、握った剣に魔力を流し込む――と、剣が光った。

見ていたサフィリナもびっくりしてしまう。剣の放つ光が、白に近いものから、赤、緑、青と次々に変化していく。

「光った？」

アズライトは、目を細めた。

「……でも、それだけですよ。アズ兄上」

うなずいたラミリアスは、魔力を流すのをやめた。とたん、光を失った剣は元の姿を取り戻す。

兄達は、これがなんなのかわかっていないみたいだけれど、サフィリナにはわかる。これ、前世の子供も欲しがるだろう。

「ゆうしゃのけんみたいだねぇ」

「そうか、勇者の光の剣！　僕が欲しいかも」

予想通り、くいついたのはルビーノである。

前世でも、ヒーロー番組のヒーロー達が持つ武器のおもちゃは、よくＣＭで見かけていた。

ロボットアニメのおもちゃも、同じようにＣＭが流れていたと思う。

光るだけの剣でも、子供達にとっては特別に見えるのだろう。今、ルビーノが欲しがったみたいに。

『だから、おもちゃだと言ったのです。光るだけですよ、それは――魔力の制御の訓練にはなるでしょうが、おもちゃです』

サフィリナの肩に戻ってきたユニカは、ケケッと笑う。

魔力を流すと、一定の効果を発する以上扱いは魔剣でいいのだろうけれど、きっと皆が思っていた魔剣とはだいぶ違う。

「アズ兄上、これ、俺にもらえませんか……？」

ラミリアスがそう言い出して、アズライトは顎に手を当てた。

「それは、私に言われてもすぐに返事はできないかな。一応、魔剣という扱いになるのだろうし。父上に相談しないと」

「けど、おもちゃでしょ？　僕も一本欲しいな」

すごろくを抱え込んだルビーノが、そう口にした。すごろくは何種類かあり、ひとつは解析に回されるものの、ひとつ、家族で遊べるように居間に持っていくことになったのだ。

なお、残りは宝物庫で大切に保管されるらしい。貴重な魔道具のため、火事などが起きても大丈夫なよう、安全対策が採られている宝物庫に入れておく方がいいそうだ。

「たしかに、おもちゃなのだけれどね……？」

「だめですか？　あちらにも、同じような魔剣はいくつもありますよ」

ラミリアスは、魔剣をしっかりと抱え込んだままだ。

その隣で、ラミリアスの師匠も同じように一本抱えている。いや、彼まで持っていくのはどうなのだ。

「……たしかに、危険は少ないだろうけれど、父上に相談してからにしようね」

『おもちゃなのに、アズライトは心配性なのですね！』

「おもちゃでも、だよ……ユニカ。我々は、昔の人ほど魔道具に慣れていないだろうから」

アズライトの言葉にも一理ある。そう思ったらしいユニカは、おとなしく口を閉じた。

あれこれ分類を続ける兄達をその場に残し、ルビーノとサフィリナは一足先に広間をあとにした。ふたりが向かうのは、家族の居間である。

「ルビにいさま、なにしてあそぶ」

「すごろくで遊ぼうか」

「あそぶ！」

ひとつだけ居間に置いておくことを許されたすごろく。まだ、すべての景色を眺めていない。

さっそく居間に行き、床の上にすごろく盤を広げる。

「ラミ兄上、魔剣がもらえるといいなあ」

サイコロを振りながら、ルビーノはぽつりとつぶやいた。彼のコマは、雨の降る夜の景色。木陰で、兎が雨宿りをしている光景だ。

「あれじゃ、とうさまもわたしゃざるをえない……」

次にサイコロを振ったサフィリナは、両腕を胸の前で組み、重々しくうなずいた。「渡さざるを得ない」と言いたかったのに。

サフィリナのコマは、風の吹く砂漠の光景。向こう側をラクダのような生き物が歩いているあたり、芸が細かい。

「ルビにいさまはよかった?」

「何が?」

「まけん、もらってない」

ただ、剣が光るだけなのにフェリオドールもアズライトも興味を引かれているのを隠せていなかった。

サフィリナにはバレバレである。もちろん、ルビーノも興味を示していた。ラミリアスから借りて魔力を流しながら振っていたのもちゃんと見ていた。

「うーん、欲しいけど、僕は今はいいかなぁ。たぶん、ラミ兄上はすぐに同じものを作れるようになると思うんだよね。僕は、それをもらおうかな」

ルビーノは床に腹ばいになってしまった。一応、靴を脱いではいるが、これでいいのだろうか。

「すごろくは、ここに持ってこられたし」

「むむ、こんどはサフィのばん」

ルビーノのコマが、雪景色に進む。室内から一歩も動いていないのに、こうして様々な景色を眺められるなんて、不思議なものだ。

「それに、僕はサフィといっぱい遊べるから、それでいいかなって」

「そうなの？」

「うん、そうだよ」

腹ばいになったまますずるずるとこちらに近づいてきたかと思ったら、額をこつんと合わされる。たしかに、たくさん遊べるのは子供だけの特権だ。

ルビーノも、そろそろその特権を行使できる時期は過ぎようとしているけれど。

「兄様達は、やりたいこと、やらないといけないことがたくさんあるけど、僕はまだ見つかってない。でも、まだそれでいいかなって」

ちょっぴり、照れくさそうに笑う。

（……そうだよね、ルビ兄様は、前世ならまだ小学生だもん。これからいくらでも、人生設計ができるはず。それに、語学の才能は兄様達の中で誰よりもあるって……あれ？）

なんで、そんなことがわかるんだろう。今まで、ルビーノに突出した語学の才能があるなんて、誰からも聞いていないのに。

「ルビにいさま、ルビにいさまは、となりのくにのことばははなせる？」

「話せるよ」

「じゃあ、うみのむこうのくには？」

「それは……話せないな。勉強したことないし」

「サフィ、うみのむこうにいってみたい」

ルビーノが、海の向こう側の言葉を話せないのは知っている。知っていて、あえて口にした。

「でも、サフィはおはなしできない……」

「じゃあ、僕が勉強するよ！　そうしたら、一緒に行こう」

「あい、にいさま。いっしょにいく！」

ルビーノの思考を誘導してしまっただろうか。けれど、自分には才能がないと、そんな風には思ってほしくなかった。

「ルビにいさま」

「……何？」

改まった様子でルビーノを呼ぶと、彼はきょとんとした顔になる。

「あのね、サフィ、ルビにいさまがすき！」

「僕も好き！」

再び額を突き合わせて、くすくすと笑う。

こうしていられるのは、子供だけの特権だ。もう少しだけルビーノと、この特権を楽しもう。

第四章　初めての街歩きはお忍びで

サフィリナの部屋に、アズライトがやってきた。アズライトはいつも忙しいから、彼がこうしてサフィリナのところに来るのは珍しい。

「……はあ」

床の上に座り、サフィリナを抱き上げたアズライトは、サフィリナの肩に顔を埋めた。

（この場合、どうするのが正解なの……？）

アズライトは、大きく呼吸を繰り返している。

（どうやら、アズライトはお疲れのようですね。主様を抱きしめることで癒やされているようです）

（うん、なんとなくそんな気はしてた）

皇太子であるアズライトは、すでに父の政務の手伝いをしていると聞いている。

それに、サフィリナとの年齢差は二十歳近いということもあり、アズライトがサフィリナの遊び相手をする機会はほとんどなかった。

こんなにお疲れの様子を見るのは初めてだ。

「アズにいさま、どうした？」

「……うん、少しね。私もいろいろと考えなければいけないと思って」

サフィリナを抱きしめたまま、深々とため息をつく。

「……よしよし」

どうもお疲れっぽいので、手を伸ばして頭を撫でてみる。兄達が、サフィリナの頭をぐしゃぐしゃにするような手つきではなく、そっと。

驚いたように目を丸くしたアズライトは、サフィリナを膝に下ろして、弱々しく微笑んだ。

「アズにいさま、げんきでた？」

首を傾げて、問いかけてみる。小さい子によしよしされたら、たいていの人は癒やされるだろう。サフィリナのことを愛しているアズライトならば、間違いなく癒やされるはず。

「サフィは今日も可愛らしいね。可愛い君の顔を見たら、癒やされた気がするよ」

「ほんと？　それなら、よかった。サフィ、かわいい？」

「うん。可愛い。とても、可愛い」

顔を見合わせて、えへへと笑う。

アズライトが笑みを見せてくれたのだから、間違いではない。

と、思っていたらサフィリナの髪を撫で、額にキス。兄に髪を撫でられるのは、悪い気はしない。

「ああ、行きたくないな」

「どして？」

「たまには、気の進まない仕事もあるからね」

「いっしょにいけたらいいのに」

もう一度ため息をついて立ち上がったアズライトを見ていたら、サフィリナの口から、不意にそんな言葉が漏れる。

アズライトだけに面倒なことを押しつけるのは申し訳ないというかなんというか。もちろん、今はまだ三歳で、彼の手伝いなんてできないのはわかっている。

前世の記憶が蘇った今でも、感情の面では今に引きずられていると思うこともしばしばある。だいたい、舌もろくに回らないのに政務に参加なんてできるはずもない。

そんなサフィリナの言葉に、アズライトは大きく目を見張った。数回瞬きをしてから、ゆっくりと彼は口角を上げる。

「そうだね。今度、私と一緒に街に出かけてみようか？　サフィが一緒に来てくれたらきっと楽しいだろうね」

「まち？」

「時々ね、視察を兼ねてお忍びで出かけるんだ。父上も、君を連れていってもいいと言ってくださると思うよ」

一本立てた人差し指を唇の前にあてがって、アズライトは片目を閉じる。

その彼の表情からは、今までのうつうつとしたものは完全に消え去っていた。

『ユニカも！　ユニカも当然一緒でしょうな？』

サフィリナの周囲を忙しく飛び回りながら、ユニカが主張する。今日も白くてふくふくしていて、神々しい。

「もちろん！　けれど、口は閉じておいてもらった方がいいかな。サフィの正体がバレてしまってはいけないからね」

『むぅ……それはしかたないのです。主様のためですから、ユニカは我慢するのですよ』

アズライトは、えらいえらいと今度はユニカの頭を撫で、右手を上げた。

「では、行ってくるよ！」

「あい、にいさま。がんばって！」

手を振ったアズライトは、サフィリナの部屋を出ていく。その足取りは入ってきた時とは違い、軽やかなものだった。


数日後、サフィリナはイレッタに外出用の服を着せられていた。

イレッタが着せてくれたのは、白いブラウスに、茶色のワンピースの重ね着だ。

ワンピースは膝丈で、共布のズボンが裾から覗くのが可愛らしい。ブラウスの胸元には、赤いリボン。上質ながら、庶民の服装である。

ワンピースとお揃いの帽子に、肩から赤い鞄を斜めがけにする。足元は茶色のブーツ。完璧にお忍びスタイルだ。

「イレッタ。いつものおようふくとちがう」

「はい、姫様。アズライト殿下とお出かけですよ」

「おおおおおおっ！」

興奮して口が尖った。

先日、アズライトはお忍びで街に出かけようと言っていたが、本当に連れていってくれるのか。まさか、あの父がサフィリナを連れ出す許可を与えるとは想像もしていなかった。

（この世界に来てから、街を見るのは初めてだもんねぇ……）

と、ちょっと遠い目をしつつ、アズライトが迎えに来るのを待つ。

「おお、とても可愛らしいね！　このまま食べてしまいたいぐらいだ」

「アズにいさま、サフィ、おいしくないよ！」

もちろん、食べてしまいたいが意味しているところぐらいわかる。

だが一応抗議はしておいた。

サフィリナを抱き上げ、頬ずりし、頬に派手な音をたててキスをするアズライトは、いつも以上に機嫌がいいようだ。

「お昼寝の時間がございますから、早めにお戻りくださいませ」

「わかった。もちろん、そうしよう。昼食は外ですませるよ」

イレッタの言葉には重々しくうなずき、サフィリナを抱いたままアズライトは部屋を出た。

アズライトの肩越しにイレッタに手を振れば、胸のあたりで小さく振り返してくれる。

ユニカは肩から斜めにかけた鞄の中。静かにしているという約束通り、言葉を発しようとはしない。

鞄の隙間から顔を出し、外をきょろきょろと見回している。

「しっかり掴まっておいで」

「あい、にいさま」

アズライトはしっかり抱えてくれているが、万が一ということもある。

出かけると思っていたのに、アズライトは玄関には向かわない。それどころか、ずんずんと奥に入っていくようだ。

（……あれ？）

「にいさま、どこにいく？　まちにおでかけっていってたのに」

そう問いかけたら、くすくすとアズライトは笑った。

「サフィとふたりでお出かけするって皆が知ったら、ついてきたくなるだろうからね。今日は、こっそり出るんだ」

「なるほど！」

アズライトは、廊下の窓からひょいと外に出る。お行儀悪いが、今日は特別だ。そのまま庭園をこそこそと突っ切る。アズライトに抱きついたまま、サフィリナもくすくすと笑う。

「にいさま、かくれんぼ」

「そうだね。大変だ。こっそり出かけなくては」

くすくすと笑って返したアズライトは、そのまま真っすぐに歩き続ける。と、一頭の馬が繋がれ、側には馬番が立っていた。

「出かけてくる」

「かしこまりました、殿下。護衛はいつものようにつけております」

「わかっている。サフィもいるから、いつも以上に警戒してくれ」

丁寧に頭を下げた馬番の男は、アズライトに手綱を渡す。

サフィリナを抱いたまま軽々と乗り込んだアズライトは、サフィリナを前に座らせた。

「サフィはここに掴まって。少し揺れるからね」

『ユニカにお任せ！　主様が転げ落ちないように、しっかりとお守りいたしますよ！』

鞄から顔を覗かせたユニカが主張する。

「それは心強い。ありがとう、ユニカ」

アズライトが生真面目な声でそう告げると、ユニカは頭を引っ込めた。

たぶん、真正面からのお礼に照れている。

ゆっくりと馬を歩かせて裏門に向かう。

「おおお、すごいすごい！」

前世も含めて、初めて馬に乗った。たしかに、少し揺れる。馬の身体って、こんなにも揺れるものだったのか。

でも、後ろに体重を預ければアズライトがしっかりと受け止めてくれる。片方の手で手綱を握り、もう片方の手はしっかりとサフィリナを支えてくれている。

それに、ユニカの魔力がサフィリナを包んでくれているのもわかる。完璧ではないか。

裏門を守っている門番達も、アズライトがこうやって出かけるのには慣れているらしい。咎められることなく外に出た。

馬を歩かせたのは、二十分程のこと。やがて、大きな道に出た。

「にいさま、にいさま、このままずっとまちまでいくの？」

「いいや、このままでは何も見られないからね。馬はそこで預けるんだ」

馬から下りたアズライトは、大通りから少し離れたところにある馬の預かり所に馬を預けた。

それから、サフィリナを抱いたまま、彼は大通りへと戻っていった。

（……すごいなあ、父様、頑張っているんだなぁ……いや、ご先祖様も頑張ったんだね、きっと）

アズライトの肩に手を置いたサフィリナは、視線を巡らせた。

行きかう人々は、皆、上質の衣服を身にまとっている。それは、この国が豊かだということを示しているのだろう。

もちろん、貧しい人が皆無ではないのだろうということも、忘れてはいない。

でも、街並みは綺麗で、ゴミなんて落ちていない。よくよく見てみれば、あちこちにゴミ入れがあり、ゴミを集めて回っている人がいる。

「にいさま、あのひとはなにしてるの？」

「ああ、あれはね、ゴミを集めているんだよ。ゴミの中には再利用できるものもあるからね」

金属は鍛冶職人のところに持っていって、売る。買い取った鍛冶職人はその金属を別のものに作り変える。

燃えるゴミは燃やして、熱は皇宮の管理で薬草を育てている温室を温めるのに利用。灰は肥料に活用、などというようにある程度リサイクルしているらしい。

野菜クズなどは集める専門の業者がいて、家畜の餌にしたり、肥料を作って売ったりしているそうだ。街中が綺麗なのには、そんな理由もあるらしい。

（ゴミを再利用するシステムがあるなんて、思ってもいなかった）

今まで、そのあたりはまったく考えていなかった。よくできている。

「にいさま、にいさま、あれはなあに？」

向こう側からは、たくさんの人が集まっている気配がする。楽しそうだ。

「ああ、あれは行商市だね。見てみようか」

アズライトがサフィリナを連れていったのは、大きな広場。

その広場には、前世のフリーマーケットのようにたくさんの店が並んでいた。

アズライトの説明によれば、月に三回、ここで市場が開かれているそうだ。この市場は、国の発行した資格証を持っている行商人しか店を出すことはできないらしい。

国中から珍しい品々が運ばれてくるため、こちらに足を向ける貴族も多いのだとか。

中には、食品を扱っている者もいた。焼いた肉の香ばしい香りがここまで漂ってくる。ぐぅ、とサフィリナのお腹が音を立てた。

「お腹が空いたんだね。ここで昼食を食べてしまおうか」

「……どくみは？」

ちらりと上目遣いにたずねたら、アズライトは驚いたように目を丸くした。

「難しい言葉を知っているんだね！　でも、問題ないよ。毒が入っているかどうか調べてから買っているからね」

サフィリナはまだ使えないけれど、皇帝一族は皆、食事に危険物が入っているか否か調べる鑑定の魔術を身に付けるそうだ。

魔術を使えるようになったら、真っ先に覚えるのが鑑定の魔術らしい。これを身に付けない限り、他の魔術は学べないそうで、皆必死に覚えるという。

「いちゅも、かんていしてる？」

「もちろん。事前に確認されたものが運ばれてきているよ。サフィの分も、食べる直前にイレッタが鑑定しているんだ」

「しらなかった！」

まさか、サフィリナが口にする品も毎日鑑定されてから出されているとは想像もしていなかった。

自分は、皇帝一族の者として生まれたのだとこの場で改めて突きつけられたみたいだ。

あちこちの屋台を調べ、アズライトが選んだのは肉に甘辛いタレをつけ、串に刺して焼いたものだった。

「熱いから気をつけて」

「あい、にいさま」

アズライトが渡してくれた串焼きを、少し離れたところにあるベンチに座って食べる。鶏肉に似ているが違う気がする。

「このおにくなぁに？」

「これは、コールクックという魔物の肉だよ。冒険者達が、狩ってきた魔物だね。街ではよく食べられているよ。皇宮で出ることは少ないかな。私は好きなんだけどね」

魔物の肉は、あまり上品ではないということになっているらしい。

「まもにょ……おいちぃ」

前世でいうならば焼き鳥みたいな味だ。醤油風味ではないが、どこか懐かしさを覚える味。肉を噛みしめれば、一気に肉の旨味が口内に広がる。ぷりぷりとした歯ごたえもいい。

「ああほら、タレがついてる」

アズライトが、顎についたタレをハンカチで拭ってくれる。

「じょうずにたべるのむじゅかしい」

「そうだね。ゆっくり食べればいい。最後に口を拭いたら問題ないよ」

並んで座ったアズライトも、同じものを食べている。

サフィリナは串の半分、彼はサフィリナが残した分を加えて二本半。それから、卵と野菜を挟んだサンドイッチ。薄くスライスしたパンをその場であぶり、さっと挟んで目の前で作ったものだ。

こちらもまた、人参の香りがするドレッシングがかけられていて、いくつでも食べられそうだ。ドレッシングになっていると、人参のえぐみは感じない。美味しい。

「アズにいさま、にいさまはおいしいものをたくさんしっているね」

「そうかな、うん、そうかも。このあたりには、よく視察に来るからね」

サフィリナの言葉に、アズライトは笑ってくれた。先日は元気がないようだったけれど、今はそれも解消されているようだ。

食べ終えてから、街中の見物に戻る。

「おばあさん、野菜を落としましたよ」

皇帝一族なのに、アズライトには偉ぶったところなどまるでなかった。困った人がいればすぐに手を差し伸べる。

今も、おばあさんの籠から零れたジャガイモを拾って渡してあげたところ。

「ありがとうね、お兄さん。一緒にいるのは、お嬢さんかしら？」

「いいえ、年の離れた妹なんですよ。もう、可愛くて可愛くて」

すかさずサフィリナの愛らしさを自慢しているあたり、今日のアズライトは少しウキウキしているようだ。

「あら、素敵なお兄さんと一緒でいいわね。これ、食べるかしら？」

「ありがと」

渡されたのは、棒のついたキャンディである。アズライトに目線でたずねたら、食べても問題なしと言ってくれたのでありがたく口に入れた。

「うちの孫は四歳なの。お嬢ちゃんは何歳？」

「みっちゅ！」

指を三本突き出す。口の中にキャンディが入っているから、上手に言えなかった。

「まあ、可愛らしいわね。いいわねえ」

にこにことして、それからもう一度アズライトにお礼を言ってからおばあさんは去った。

「にいさま、どうしたの？」

「うん。サフィの愛らしさは、誰にでも伝わるものだと思っただけだよ」

「……う、うん」

たしかに今のサフィリナはとても可愛らしい容姿の持ち主だが、真顔で言われるとどう対応したらいいものかちょっと困ってしまう。

「にいさま、あっち！」

棒つきキャンディを食べ終える頃、今度はサフィリナが路地裏の方を指さした。子供の泣き声が聞こえる。

「よし」

アズライトはすぐにそちらに向かう。路地で泣いていたのは、サフィリナと同じぐらいの年に見える女の子だった。

サフィリナを地面に下ろし、アズライトは女の子と目線を合わせる。

「どうしたのかな？」

知らない男の人に声をかけられた女の子は、びっくりした様子だ。泣きはらして真っ赤になった目が、アズライトの横に立つサフィリナの目と合う。

「サフィは、サフィ。こっち、アズにいさま」

限りなく本名に近い名前を名乗ってしまったが、愛称だし、大きな問題にはならないだろう。

知らない男の人が相手でも、サフィリナが一緒にいることで安心したらしい。女の子は、鼻をぐすぐすと鳴らしながら教えてくれた。

「……父さんが迷子になったの」

どう考えても、迷子になったのは父親ではなくこの子の方。けれど、そこを突っ込むのはやめておいてあげよう。

「サフィ、歩けるかな」

「あい、にいさま」

迷うことなくアズライトは、片方の手を女の子に差し出した。もう片方の手をサフィリナと繋ぐ。

「どちらから来たか覚えているかな？」

「市場！」

昼食を食べた市場のことだろうか。たしかにあそこは人混みがすごかった。はぐれてしまうのもわからなくはない。

「この子のお父さんはいませんかー？」

女の子と手を繋ぎ、市場に戻る道を歩きながら、アズライトは声をあげた。反対側の手は、サフィリナとしっかり繋いでいる。

　女の子の父親が見つからなかったら、市場の警備兵に預けるそうだ。迷子は、そこに預ける決まりになっている。

（ユニカも探してまいりますよ、主様！）

（お願いしていいかな？）

　鞄の中から様子をうかがっていたユニカは、鞄の蓋を開けて飛び出した。高い空から、周囲を探すつもりなのだろう。

「おねえさん、おなまえは？」

「……ルリ」

「ルリちゃんのおとうさーん！」

　声をあげて呼ぶ姿は、どこからどう見ても好青年。すっかり、街中に溶け込んでいる。

（主様、主様、見つけたのですよ。そこから、もう一本先、市場方面に戻ったところですっ）

　ユニカが、心の声で伝えてくる。

　アズライトの袖を引っ張って注意をこちらに向け、ユニカが教えてくれたことを小さく囁いた。

　うなずいたアズライトは、そのまま声をあげながら、ユニカの指示した方向に歩いていく。

「……ルリ！」

角を曲がろうとしたところで、向こう側から走ってくる男の人が見えた。汗びっしょりで、焦っていたのがよくわかる。

「父さん！」

ルリが無事に父親と会えたのを確認し、アズライトはサフィリナと目を合わせてにっこりした。無事に親子が再会できてよかった。

小声でルリを叱っていた男の人は、こちらに向かって頭を下げる。

「ありがとうございました、本当に……そちらは、お嬢さんですか？」

「困った時は、お互い様ですよ。この子は、私の妹です」

「可愛らしい妹さんですね！　娘によくしてくださって、ありがとうございました」

何度も頭を下げた男の人は、ルリを連れて立ち去る。

「にいさま、しゅてき！　こまったひとをたすけてあげる」

「私にできることは、そう多くないけどね」

不意に気づいてしまった。兄は、自分にかかる重圧をいつもひしひしと感じているのだ。

この国の未来は、彼の肩にかかっている。

（そういえば、アズ兄様って趣味とかあるのかな……？）

今になって気がついた。

アズライトには、趣味らしい趣味はないように思う。

フェリオドールは剣術が趣味だし、ラミリアスは魔術とか魔道具、カイロスも芸術全般が趣味といえるだろう。彼らの場合、趣味と実益というか、やりたいことと才能が一致している面もありそうだ。

ルビーノはサフィリナと共に、あの部屋で見つけたゲームをするのが最近お気に入り。父の許可を得て、皇宮に友人を招いた時には、一緒に楽しんでいる。

では、アズライトは？

サフィリナの知る限り、アズライトは常に父の手伝いをしている。父の手伝いをしていない時は、国を動かすための勉強をしていると聞いた。

ならば。

アズライトは、何を楽しみにしているのだろう。

「にいさま、にいさまのごしゅみは？」

聞いてから思った。これでは、お見合いの時みたいではないか。

問われたアズライトは首を傾げた。

「うーん、特には……昔はバイオリンを演奏するのが好きだったけれど、今の私にはそんなことをする時間はないからね」

そう言って笑った彼の顔がどこか寂しそうに見えたのは、気のせいだろうか。けれど、アズライトはそれもなかったかのようにすぐに表情を切り替えた。

「さて、サフィ。次は、どこを見たいのかな？」

「……えっと」

人でにぎわっている場所から離れ、今度は店舗の立ち並ぶ方へと入っていく。

「にいさま、あるく」

「わかった。手を繋いでいこうか」

広場とは違って人通りがそこまで多くないここでは、手を繋いでいればはぐれる心配はない。

ルビーノと一緒に皇宮内で迷子になった時とは違い、今日はユニカも側にいる。

商人達は貴族の屋敷に商品を持って訪れるものだけれど、店での買い物を好む者もいる。

そのため、貴族の屋敷に出入りするような大規模な商人は、商談のための店舗を構えているものだ。

ここはそういった店が並んでいる場所のようで、店舗の入り口脇はショーウィンドウになっている。

「……あ」

サフィリナの目が、飾られていた白いぬいぐるみにとまる。

ぬいぐるみは真っ白で、黒い石の目がついた鳥だった。愛らしい表情は、少しユニカに似ている。

「欲しい？」

そう問われて、首を横に振った。サフィリナは知っている。

子供におもちゃをやたらと買い与えるのはいけないのだ。たとえ、皇女殿下だったとしても。

「……でも、私はサフィに買ってあげたいな」

「だけど」

「遠慮しないで。今日の記念に、ね？」

『主様、こういう時はありがとうと言うのですよ！　アズライトは、主様に贈り物をしたくてしかたないのです』

（大丈夫かな？　本当にいいのかな？）

（問題ありませんよ！　主様は、大切にするでしょう？　それに、ユニカそっくりのぬいぐるみなのです。主様が可愛がってくれたらユニカはそれで満足なのです）

たしかに目がとまったのは、ユニカに似ていると思ったからだった。それならば、買ってもらってもいいだろうか。

今までむやみやたらにおもちゃを与えられた覚えもないし、ふたりが問題ないというのならないのだろう。

「おねがいしましゅ」

アズライトの顔を見上げてニッコリしたら、アズライトは蕩けそうな顔になった。それから、サフィリナを連れて店内へと足を踏み入れる。

「わあ！」

感嘆の声が口から漏れた。そこに並んでいるのは、様々なぬいぐるみ。ぬいぐるみといっても、単なる子供のおもちゃではない。これは、貴族や富豪向けの商品だ。

「店主、あの白い鳥のぬいぐるみを見せてもらえないか？　妹が欲しがっているんだ」

「かしこまりました。新たにお作りすることもできますが」

「いい。今日持って帰りたいんだ」

「ありがとうございます」

ショーウィンドウに飾られている鳥と同じものが、店内には三体あるという。飾られていたものも含めて四体をじっくり見比べ、一番可愛いと思ったものを選んだ。

「ありがとう、にいさま」

「気に入ったのなら、今度は皇宮に呼ぶこともできるよ」

「いい。つぎのおたんじょうびまでまつ。サフィはまてのできるこ」

せっかくユニカそっくりのぬいぐるみを買ってもらったのだ。大切に遊びたい。

（前世では、こんなこともなかったな……）

前世で、おもちゃを買ってもらったことなんてあっただろうか。ほとんど記憶に残っていない。

あの家では、凛子は常に余計な存在で。兄や姉達が流行のゲームをするのを指をくわえて眺めていた。貸してほしいとねだったら、『お前にはまだ早い』と怒られたっけ。

（だけど、今は幸せ……すごく、幸せ）

家族は、サフィリナのことを愛してくれている。それだけで幸せなのに、こんなプレゼントまでもらってしまっていいのだろうか。

「……サフィ？　どうした？」

「あれ？」

アズライトが焦った様子で膝をつく。目の高さを合わせられ、真正面から視線が合った。

「無理させてしまった？　もう疲れたかな？」

「ちがっ……」

ひぃん、と小さな声が漏れた。泣くつもりなんてなかったのに。

「アズにいさま、アズにいさまも、たのしいこと、ちて……！」

「こうして、サフィと過ごすのが楽しいよ」

「ちがっ……にいさまのすきなこと、ちて……」

もう、何を言っているのか、自分でもわからない。わんわん泣いているサフィリナを抱き上げたアズライトは、途方にくれたような顔になった。

＊　＊　＊

サフィリナと街に出かけたのは、二日前のこと。

（泣かせるつもりはなかったんだが……）

初めての外出。サフィリナは、楽しんでくれているようにアズライトには見えていた。少なくとも、最初のうちは楽しんでくれていた。

久しぶりに取り出したバイオリンのケースを見つめ、アズライトは途方にくれる。

（……楽しんで、とサフィは言ってくれたけれど）

五人も男児がいるのに、父はアズライトを後継者に選んだ。もちろん、年齢順でいえばアズライトが継ぐのはおかしな話ではないのだが、時々、自分でよかったのかという気になってしまうのだ。

その分、自分の楽しみは封印して、仕事を覚えるのに精いっぱいやってきた。それが間違っていたとは思わない。

――でも。

少しぐらい、楽器に触れてもいいだろうか。皇太子になって以来、一度も触れてはいない。

演奏の準備を終えたバイオリンを構えてみる。

楽器が傷んでしまわないよう、細心の注意を払って保管し、折に触れてきちんと手入れもしてきたが、まともに触れるのは何年ぶりだろう。

子供の頃、最初に習った練習曲を弾いてみる。一応音は出るが、ひどい音だ。指も滑らかとは言いがたい。

（指が動かない、なっていない、な……）

我ながら、なっていない演奏だ。それでもめげずに次の曲を弾いてみる。

ああ、やっぱり指が動かない——でも。

（楽しい、と思っていいだろうか）

自分には、弟達のような才能はないとわかっている。

フェリオドールの剣術、ラミリアスの魔術、カイロスの芸術。ルビーノはたいしたことないと本人は思っているけれど、兄弟の中で一番語学が得意だし、勉学においては、武術も学問も平均以上によくできる。

そんな弟達と比較すると、自分には才能はないけれど——父は、自分に国を任せると言ってくれた。ならば、民を守るためにどうすべきなのだろう。

考えながら、次の曲、次の曲、と弾いてみる。

才能がないのだから、楽しんではいけないと思っていた。自分の楽しみに時間を費やすぐらいなら、ひとつでも多く父から任された政務を片づけるべきだ、と。

だが、こうして無心に楽器を演奏するのは悪くない。

（……次は、ローズマリー嬢だったな）

そろそろ、次代の皇妃を決めなければならないのもわかっている。穏やかな家庭を作れる相手に出会えればいい。

それから、まだ幼いルビーノとサフィリナを守ってくれる人であればなおいい。彼らには、まだ大人の守りが必要だ。

＊　＊　＊

アズライトと出かけてから二日後のこと。護衛騎士を連れて庭園を歩いていたサフィリナは、どこからか音楽が聞こえてくるのに気がついた。少しぎこちない演奏、バイオリンの音だ。

（……もしかして？）

帰る、と護衛騎士に言って、本宮に戻る。部屋まで戻ったところで、護衛騎士とはお別れだ。この建物の中だけは、護衛なしで歩いても大丈夫。

「どこだとおもう？」

『アズライトの部屋ではありませんね。もっと上の方です。ユニカにお任せを、主様！』

ユニカの示す方向に向かって、急ぎ足に歩く。だんだんと小走りになったけれど、足が短いので歩いているのと大差ない。

「にいさま、アズにいさま！　しゅてきなおと！」

飛び込んだのは、普段使われていない部屋。

そこでバイオリンを演奏していたアズライトは、サフィリナを見て気まずそうな表情になった。そんな顔、しなくてもいいのに。

「そうかな？　久しぶりだから、腕が錆びついてしまっているんだ」

申し訳なさそうに、アズライトは微笑んだ。そんな顔、しなくてもいいのに。

「サフィ、にいさまのバイオリン、すき」

止められなかったのをいいことに、すぐ側の床に座り込む。にっこりと笑って見上げたら、アズライトは視線をそらした。

「もっときかせて」

「うーん、でもね……そろそろ行かないといけないんだ」

仕事の間のわずかな休憩時間に、空き部屋で演奏していたそうだ。自分の部屋では見つかると思ってここを選んだらしい。

「おそとに、おとがきこえてた」

「……そうか、誰にも聞こえなければいいとおもっていたのだけど」

どうして、アズライトがそこまで他の人の目を気にするのか、サフィリナにはわからなかった。けれど、久しぶりにバイオリンを演奏して楽しかったというのなら、内緒にする必要もないではないか。

「にいさま、カイにいさまとあわせるのはどう？」

カイロスはピアノやバイオリンの演奏も巧みだ。芸術に関することならば、なんでもできるのではないかとサフィリナはこっそり思っている。

けれど、アズライトはそれにも首を横に振った。

「カイロスも忙しいからね。私もそこまで趣味に時間はさけないし」

サフィリナをこっそり視察に同行させてくれたのはともかくとして、自分のために時間を費やすことにためらいがあるらしい。

仕事ばかりでは、人間、息が詰まってしまうというのに。

「アズにいさま、それならサフィに、またきかせてくれる？」

「……皆には、内緒にしてくれるかな？」

「やくそく、する」

小指と小指を絡め合わせる。これが次に繋がることを、サフィリナはまだ気づいていなかった。


アズライトが見合いをしている——そう聞かされて驚いたのはサフィリナだけだったらしい。というか、以前から見合いはしていたそうだ。

そのうち、一番アズライトが好感触だった令嬢と、もう一度顔を合わせているそうだ。

（全然、気づいてなかった……！）

『以前の主様は、部屋から出ることも少なかったのでしょう。それに、何が起こっているのか周囲に気を配る余裕もなかったのでは？』

（言われてみれば、そうかもしれない……！）

前世の記憶が蘇った今、積極的に身体にいいことをするようにしている。

あまり美味しくはないけれど、野菜もちゃんと食べ、規則正しい生活をし、昼間はなるべく外に出て身体を動かすようにしている。

おかげで、記憶が戻る前に比べると、ぐんと健康になった。

だが、以前は発熱して部屋に引きこもることもしょっちゅうだった。だいたい、『見合い』と言われたところで、何を示しているのか理解できなかっただろう。

「ようすをみにいこう！」

今日、その令嬢が来ているというので、こっそり様子を見に行くことにする。

アズライトの見合い相手は、ローズマリー・グレイディア侯爵令嬢。十八歳だそうだ。

アズライト、フェリオドールのふたりと年齢が釣り合うことから、今まで婚約者を決めていなかったらしいというのは、この短時間でユニカが集めてきた情報で知った。

（……まあ、皇帝一族に嫁ぐことができる可能性があるのなら、急いで婚約者を決める必要もないよねぇ……）

と、冷めた目で見てしまうのは、サフィリナに前世の記憶があるからか。

もちろん、それが悪いことだと言うつもりはない。この世界で生きていくのならば、結婚相手を恋愛感情だけで決められないというのもわかる。

（……変だな）

ちらりと思ったのは、思っていた以上に、政略結婚に嫌悪感を覚えないこと。

前世ではあり得ない状況なのに、それを当たり前のこととしてどこかで受け入れている。思っていた以上に、この世界に馴染んでいるのかもしれなかった。

『主様、主様。茶会の会場はそこですよ！』

ユニカが示したのは、中庭である。今日は陽気がいいことから、中庭を会場に選んだのだろう。特に花が美しい一角に、白いテーブルと椅子が出され、そこに銀のティーセットが並んでいる。

そのテーブルに向かい合って座っているのは、アズライトと婚約者候補のご令嬢だった。ふたりとも口を開かず、向かい合って座っているだけ。話がはずんでいるようにはとてもではないが見えない。

「……むぅ」

サフィリナは、両足を踏ん張り腕を組んだ。

これで、好感触なのだろうか。というより、令嬢がアズライトに対して委縮しているように見える。

無理強いするのはよくないけれど、何度も会っているのに、会話すらままならないのはよくないのではないだろうか。

（……どうすべき？）

考えてみたけれど、ろくなアイディアは浮かばない。

――でも。

「よし」

気合を入れたサフィリナは、ひょいと勢いよく飛び出した。

「アズにいさまー、こんなところにいた！」

護衛の騎士が慌てて止めようとするが、ユニカがそれを阻んでくれたらしい。誰にも止められることなく、アズライトのところに到着した。

「アズにいさま、サフィ、にいさまさがしてた！」

「ええと、サフィ。今は、困る」

立ち上がったアズライトは、サフィリナを抱き上げようとする。サフィリナはひょいと彼の腕から逃れた。

「えー」

思いきり、むくれた顔になる。中身の年齢を考えれば抵抗もあるのだが、今のサフィリナは三歳。三歳児である。必死で自分に言い聞かせながら、表情を作る。

「おちゃかい、してる？　おねえさん、とってもきれいね！」

「あ、ありがとうございます……」

サフィリナに話を向けられ、アズライトと向かい合う位置に座っていたローズマリーは、どうしたらいいのか困惑した様子だった。

「サフィ、おねえさんのおひざにすわりたいな」

「え？」

またまた、困惑した顔になる。

「ローズマリー嬢、すまない。少し待ってもらえるか。サフィ、イレッタを呼ぶから」

「いーやーだー」

手足をバタバタと振り、首を横に振ってじたばたする。

こんなに聞き分けのない様子を見せたのは初めてだ。恥ずかしい。三歳児だからぎりぎり許されるかもしれないけれど、とても恥ずかしい。

だが、ローズマリーは、サフィリナを受け入れてくれるようだった。手を差し伸べ、膝の上に抱き上げてくれる。

「ローズマリー嬢？」

「かまいませんわ。妹の幼い頃を見ているようで、懐かしいです」

アズライトが慌てて止めようとしたが、ローズマリーはサフィリナをしっかりと抱きかかえてくれる。少し、彼女が落ち着きを取り戻したように思えた。

「おねえさん、サフィにもおかしくれる？」

「どれがよろしいですか？」

「えっとね、これ！」

クッキーを指さすと、白くて細い指がそれを摘まみ上げた。そっと、サフィリナの口元まで運んでくれる。

遠慮なく、ぱくりと口にした。甘くて美味しい。

皇帝一家に仕える料理人の腕がいいのはわかっているが、今日は特に気合を入れているようだ。

「アズにいさま、たっているのはおぎょうぎわるい」

アズライトが立ちっぱなしなので、指摘してやった。彼が立ちっぱなしになっている責任は、大いにサフィリナにあるわけだけれど。

アズライトはおとなしく腰を下ろす。しきりに目線でローズマリーに詫びているようだ。

「おねえさん、ごしゅみは？」

きっと、そのあたりの話もまだなのだろう。小さな子供が、大人の言葉を真似しているのが面白かったらしく、ローズマリーはくすくすと笑う。

先ほどまでの緊張した様子も、幾分薄れてきたようだ。

（私、いい仕事してる！）

（お茶会に乱入した時には、どうしようかと思いましたが！）

ローズマリーの膝の上で自画自賛していたら、すかさずユニカが突っ込んだ。

でも、実際今のサフィリナはいい仕事をしていると思う。

「そうですね……お花を育てるのが好きです」

「すてき！　サフィ、おはなもすき！　イレッタが、おへやにかざってくれるの」

「イレッタというのは、妹の乳母のことだ。私の乳母でもあった人だよ」

あえて子供っぽい口調を作ってローズマリーと話をしていたら、足りない説明をアズライトが追加してくれた。

「まあ、お世話係ですね！　皇女殿下、よろしければお花を後ほどお届けしても？」

「サフィってよんで！　おねえさんのおはな、おへやにかざるね！　あとなにがすき？　サフィね、けんじゅつもすき！　おねえさん、けんじゅつする？」

話題がぽんぽん飛んでいるが、幼い子供ならこんなものだろう、たぶん。

前世で身近に小さな子供がいたことはないので、本当にこれでいいのかどうか迷うけれど。

「剣術の心得はありませんが、他の趣味は、楽器を演奏することでしょうか。バイオリンとフルート――」

「バイオリン！　アズにいさま、とってもじょうず！」

まだ、ローズマリーが話しているのはわかっていたけれど、途中でさえぎってしまった。さえぎってしまったのは申し訳ないが、アズライトとの共通点を見つけられたのだから誉めてもらいたい。

「にいさま、にいさま、きかせて！」

「でもね、サフィ……」

アズライトは、自分がバイオリンの演奏をしていると他の人に知られたくないようにふるまうことがある。だが、それがなんだというのだ。

目の前に、彼とお見合いしている女性がいるのだから、共通の趣味があるのなら早めに話題にしておかなければ。

「だめ？」

ローズマリーの膝の上で、うるうるとした目で見つめると、アズライトは小さく息を吐いた。

「ローズマリー嬢、妹に付き合ってもらえないか？　その……」

こほん、と咳ばらいをしたアズライトは、照れくさそうな顔をしていた。

ローズマリーの膝の上にいるサフィリナは、そんな兄の様子をじっと見ている。アズライトが、こんな表情をするのは珍しい。

「あまり、上手ではないんだ。正式に習っていたのもずいぶん昔のことだからね」

「……私も、ですよ。先生には、才能がないと匙《さじ》を投げられてしまいました」

くすりと笑うローズマリーの表情からは、今までの緊張が少し和らいだように見えた。

（よしよしいい感じだぞ……！）

ふたりの様子を見ているサフィリナが、にやりとした理由をアズライトは気づいていないだろう。

と、視線を巡らせたアズライトは、いつの間にか傍らのテーブルにバイオリンが置かれていたのに気づく。

「私のバイオリン……いつの間に」

そっとバイオリンに手を伸ばす彼の目は優しかった。

（ユニカもいい仕事をしたのですよ、主様！）

（まったくね！　私もユニカも今回はいい仕事した！）

アズライトがバイオリンを構える。優しい音色が、庭園へと流れていく。

そういえば、バイオリンのことは内緒にすると約束したような気もするけれど、大目に見てもらおう。

家族の居間に、バイオリンを演奏するアズライトと、その横で小さな子供用のバイオリンを構えるサフィリナを描いた絵が加わったのは、それから少しあとのお話。

第五章　末っ子皇女の新たな才能

サフィリナとユニカは、ふたりきりでおしゃべりをすることも多い。

今日は、夜寝る前に明かりを落とされたあと、こっそりふたりで話をしていた。

（主様の世界には、そのように様々な娯楽があったのですねぇ……お高いんでしょう？）

（そんなことないよ。もちろん、お金がかかるものもあったけれど、無料で楽しめるものもたくさんあった）

今、サフィリナがユニカに語って聞かせていたのは、いわゆる異世界転生物の小説のあらすじだった。

凛子がサフィリナになったことをすんなり受け入れられたのは、そういった小説をたしなんでいた過去があったからかもしれない。

（はー、そんな壮大な物語が無料！　全部無料でございますか！）

（うん。最初は無料で公開、それから商業化して、紙の本で出版されて、漫画にもなってた）

世界的な基準でいっても、日本における書籍の出版数はかなり多かったらしい。

凛子にはお金がなかったけれど、インターネット上には無料で楽しめる小説や漫画があふれていた。仕事としてでなくても、趣味で創作した作品をインターネット上で公開していた人もたくさんいたのである。

学費を貯めるために生活を切り詰めていた凛子にとっては、そういった無料で楽しめる娯楽はとてもありがたいものであった。

作者に感想を送ったことはなかったけれど、今になってみると感想を送っておいた方がよかったなと少々後悔もしている。

（魔剣ですか）

（うん。剣に炎をまとわせたり、氷をまとわせたりっていうのは珍しくなかったと思うよ。魔力を流すことで切れ味をよくしたり、霊的な存在を切れるようになったりするのも見たな）

隙間時間ではあったけれど、塵も積もればなんとやらである。

更新を追いかけていた作品もそれなりの数があった。異世界転生の作品の中には、主人公が魔物を退治する冒険者となったものもたくさんあったのである。

（はー、それはラミリアスが喜びそうですねぇ）

言われてみればそうかもしれない。

以前、サフィリナとルビーノが発見した過去の宝物庫。その中には、おもちゃだけではなく、今の世界では魔剣と呼ばれるものも何本かあった。そのうちの一振りは今、ラミリアスの研究用になっている。

（でも、私が語って聞かせるわけにもいかないでしょ）

（ユニカにお任せくださいます？）

（ラミ兄様の役に立つなら、それでもいいけど）

寝る前にそんな会話をした翌日。さっそくユニカを連れてラミリアスの工房を訪れることにした。

ラミリアスは、皇宮の一画に自分専用の工房をもうけている。家庭教師の授業や公務がない時は、たいていそこで過ごしている。隣はカイロスのアトリエだ。

「ラミにいさま、まどうぐつくってるの？」

「作ってるのではなくて、修理しているところですよ」

今日は、工房にいるのはラミリアスだけではなかった。その隣にカイロスもいる。

「何か……用……？」

カイロスがラミリアスと共に工房にいるのを見かけるのは、初めてかもしれない。首を傾げたら、カイロスはサフィリナの方に右手を突き出した。

「カイにいさま、ここでなにしてる？」

「僕の……魔道具……修理……してる……」

「ああ、まどーぐしゅうり。みたいみたい！」

カイロスの右腕にはめられているブレスレットは、彼が皇宮の外を歩いていても守ってくれる魔道具なのだそうだ。今は、それを修理しているところ。

「じゃましないから、みていていーい？」

「……ラミがいいなら」

「かまいませんよ」

ちょこちょことラミリアスの側に寄ったら、横からひょいと腕が伸びてきた。と思えば、カイロスの膝の上に移動させられる。

お腹に手を回されぎゅっと膝の上で抱きしめられた。すりすりとサフィリナの頭に顔を埋めてくるのは、どういう理由からなのだろうか。

（……まあ、いいか）

嫌われているわけではなさそうだというのはなんとなくわかる。カイロスなりの愛情表現なのだと受け止めることにして、おとなしくされるままになる。

ちゅ、と髪に口づけられた気配もしたが、それにも微動だにしない。末っ子は、兄達の愛情を全身で受け止める気満々である。

『そういえば、魔剣の研究はどうなったのです？』

サフィリナの肩に乗ったユニカがちちちと囀った。

「難しいですね。俺の技量では追いつかないところもたくさんあって……でも、いずれは作ってみたいと思いますよ」

今の世の中、魔剣の作り方というのは失われてしまっているそうだ。ラミリアスは、サフィリナとルビーノが見つけ出してきた魔剣を解析しているところらしい。

「偉大なる魔女、マルヴィナ・リドラなら作れるのでしょうが……彼女の功績については、記録が失われているところも多いんですよね」

マルヴィナ・リドラは、五百年ほど前の時代を生きていた魔術師だ。

最後は、当時の帝国を荒らし回った凶悪なドラゴンと相打ちになったらしい。彼女の弟子達が残した記録が、今の魔術や魔道具の基礎になっているとラミリアスは教えてくれた。

「ラミにいさま、サフィ、おもちゃもほしい。こうやって、ぴゅってやったらみずがでるの」

「それは、魔術で足りませんか？」

「まじゅつだと、かってにまげられる。まげないでみずをかけっこする。それに、まだサフィはまじゅつならってにゃい」

今、サフィリナが動作で示したのは水鉄砲である。まだ、魔術を習うことを許されていないサフィリナを例外として、この家の人達は皆、魔術で水を出すぐらい簡単にできる。

サフィリナがやりたいのはそうではなく、発射された水をそのまま当てることだ。

「ふむ……それなら、魔力を持たない子供でも遊べますね」

魔力が高い者同士婚姻を重ねてきた貴族は魔術を使える者が多いが、平民で魔力を持っている者は圧倒的に少ない。この国で暮らしている人すべてが魔術を使えるわけではないのだ。

平民の子供も、今サフィリナが説明した水鉄砲ならば、夏の間楽しく遊べるだろう。井戸から水をくみ上げる手間はかかるにしても。

「……悪くありませんね」

「それから、ええと……」

『主様がおっしゃりたいのはですね……』

つたない言葉は、ユニカが補う。ふたりの説明を聞いたラミリアスは、途中からものすごく真剣な目になった。

カイロスの膝の上にいるサフィリナに、次から次へと質問を繰り出す。

「それなら、サフィは魔剣をどうやったら作れると思うのですか？」

「んー」

サフィリナは顎に手を当てた。その様子を、ラミリアスがじーっと見ているのも気づかない。

（たぶん、今の人って魔力の扱いが昔の人ほど上手じゃないんだろうな）

ユニカにこっそり解析してもらったけれど、昔の人は今の人よりずっと魔力の扱いが上手だったそうだ。

そのため、魔剣に魔力を流すだけで上手に魔剣をコントロールできていたらしい。ラミリアスが解析をしても、再現できないのは、そのあたりに理由がありそうだ。

修理を終えて、魔剣に目を向けているラミリアスは、眉間に皺を寄せて厳しい表情になっている。

「まりょく、せいぎょ、むずかしい？」

「そうですね。とても難しいです……フェリ兄上などは苦労するかもしれませんね」

フェリオドールは、自分の剣術に必要な魔術以外不得手なのだそうだ。皇族として生きていくには、毒物の発見をする魔術を使えれば問題ない。

「ここに、まりょくせいぎょするなにかをつける」

サフィリナが示したのは、剣の柄だ。今は、滑り止めを兼ねた精緻な彫刻が施されているところ。

「ここに、まじゅつじんをかく。ラミにいさまならかけるはず」

「それは試してみましたが……」

サフィリナが思いつくことぐらい、ラミリアスはとっくに気づいていたようだ。サフィリナの身体に回されたカイロスの腕に力がこもった。

「まじゅつじんみせて」

「……ええ」

三歳児に魔術陣を見せてもどうにもならないと思ったのだろう。

しかたないな、という表情をしながらも、ラミリアスはサフィリナの前に魔術陣の描かれた紙を置いてくれた。

「ユニカ、みて」

『かしこまりました、主様……ほうほう』

サフィリナの肩から、床に置かれた魔術陣の上にユニカは飛び降りた。

魔術陣は、魔力の流れを制御するものだ。魔道具には欠かせないもので、どんな魔術陣を作るかによって魔道具の性能は大きく変わってくるともいわれている。

（これ、見覚えあるなぁ……）

サフィリナは首を傾げた。なんで見覚えがあるのだろう。魔道具を作るための勉強は、まだ始めていないのに。

「ええと、ここ。ここ、かきかえたいな」

『放出した魔力をそのまま使うのは、フェリオドールには難しいでしょう。そうですね、柄に魔石を埋めるように設計を変更して……』

「それなら、ここ、いらにゃいでしょ」

『さようでございますね。これは、必要ないと存じますよ！』

最初のうちは、熱心に魔術陣を眺めていたのだが、すぐに飽きてしまった。三歳児の集中力は長続きしないのである。

お絵描き用のスケッチブックのページに、改造した魔術陣を描く。これはまだ完成形ではないけれど、実験するのは面倒だ。

『さあ、主様とユニカがここまでヒントをやったのです。あとはラミリアスの仕事ですよ。せいぜい頑張るがいいのです』

「ありがとうございます……？」

ユニカが胸を張ったのに、ラミリアスは困ったような顔になった。それに気がついて、サフィリナは首を傾げる。何か、悪いことをしてしまっただろうか。

「ラミにいさま、サフィわるいこ？」

「いいえ、とんでもない！　サフィとユニカのおかげで、大きく進歩しそうですよ！」

「それならいい」

「……サフィ、君は」

何か言いかけたカイロスの膝に抱きつき、サフィリナは彼の顔を見上げた。真正面から目を合わせたカイロスは、困ったように目をぱちぱちとさせる。

「サフィ、そろそろおやつの時間ではありませんか？」

「おおおっ！」

ラミリアスの言葉で気づく。もうこんな時間になっている。

おやつの時間は大切だ。これから大きくなるサフィリナは、おやつでも栄養補給をする必要がある。

「……カイにいさま、またね」

「うん……また」

膝から離れて手を振れば、少しだけ、カイロスの口角が上がる。

「ラミにいさま、またくる。むりはだめ」

「……はい、わかりました……と、ちょっと待って」

「どした？」

工房を立ち去ろうとしたら、慌てたラミリアスが近づいてきた。それからかがんだ彼は、ちゅっとサフィリナの額にキスを落とす。

「お礼、ですよ。サフィのおかげで、考えがまとまりそうです」

『ならば、ユニカにも礼を述べるのですよ、気が利かない！』

「そうですね。ユニカもありがとうございました。ユニカのおかげで、大きく前進しそうです」

『ならよしでございますよ‼』

ユニカは大きく翼を広げ、ラミリアスはユニカの真似をしているみたいに両手を広げた。

それから、サフィリナのために扉を開けてくれる。サフィリナの兄は、全員紳士なのだ。

＊　＊　＊

サフィリナとユニカが残した魔術陣を睨みつけたラミリアスは、深々とため息をついた。

「……どうした？」

「困りました」

双子のカイロスは、こういう時鋭い。ラミリアスの心の内なんて、簡単に読み取ってしまう。

カイロスとは生まれた時からずっと一緒だ。

離れていても、互いが何を感じているのかわかってしまうほどにラミリアスとカイロスの距離は近い。

「サフィ……のこと……？」

「ええ。おかしいんですよ。サフィが何歳か、カイロスはわかっていますか？」

無言でカイロスは指を三本突き出した。それを見て、ラミリアスは再び嘆息する。

そう、三歳。サフィリナはまだ三歳なのだ。

「精霊に愛されている……というだけでは、説明がつかない気がするんですよねぇ。もちろん、ユニカが力の強い精霊だというのはわかっているのですが」

少し前までのサフィリナは、しょっちゅう発熱して寝込んでいた。

あまりにも頻度が多いために、基本的にはラミリアスを含む兄達は、よほど体調がいい時以外、顔を合わせないようにしていたほどだ。

その分、顔を合わせた時には目いっぱい可愛がってきたつもりだ。それは、ラミリアスだけではなく、カイロスもその他の兄弟達も同じだろう。

けれど、以前のサフィリナと今のサフィリナはどこか違う。表情が豊かになっただけではなく、以前は見せなかった才能を見せるようになった。時に、ラミリアスが驚くほどの鋭さを見せる。

「……魔術陣で、魔力を制御しようという発想は、わからなくもないのですが、ユニカと対等に渡り合っていた気がするんですよ」

魔剣の再現に苦心していたのも否定はできない。分解し、眺め、自分の魔力を流してみることもした。

自慢ではないが、魔術に関してはかなりの腕の持ち主だとラミリアスは自分のことを評価している。そのラミリアスでさえ、魔剣を上手に扱うことはできなかった。

サフィリナとユニカは、その魔術陣でさえも改良しようとしていた。普通、魔術陣を読み取れるようになるには、ある程度の勉強が必要だというのに。

（俺も、三年はかかったのですが……）

ラミリアスが、魔術陣の勉強を始めたのは八歳の時。

初めて魔術を見た時、その美しさに魅せられた。自分の魔力を扱い、魔力を発動するだけではなく魔道具という形で有効利用することにも興味が向いた。

幸いなことに両親は、ラミリアスの好奇心、才能を殺すような真似はしなかった。

『優れた魔道具は、民の暮らしを豊かにするものだから』

と、ラミリアスのために教師をつけ、研究に使える工房も用意してくれた。

優れた教師に出会えたということもあり、ラミリアスはすくすくとその才能を伸ばしてきたのだけれど……。

「父上と……母上に……話をする……？」

「そうですね。そうした方がいいでしょうね」

ああ、カイロスはすぐにラミリアスの考えていることをわかってくれる。彼が共に生きてくれることで、どれだけ今まで助けられてきただろう。

「父上と母上のところに行ってきます。カイロスはどうしますか？」

「……アトリエ」

「わかりました。食事の時間に遅れてはいけませんよ」

一応注意はしたけれど、カイロスはきっと食事の時間は忘れてしまうだろう。いったん集中すると、彼から時間の概念は消えてしまう。

アトリエに人をやるよう頼んでおかないと、と頭の片隅に書き留めながら急ぎ足で工房を出る。両親のスケジュールは確認ずみ。この時間なら、話をできるだろう。

「ラミリアス、どうしたのだ？　珍しいな」

「あなたから来るのは珍しいので、私も来てしまったわ」

まず父に話をしようと思っていたら、そこに母も来ていた。母を呼びにやったつもりはなかったから、誰かが気を利かせて呼んでくれたのだろう。

「父上、サフィのことなのですが……あの子は特別です」

「そうだな、たしかに特別だ。まだ幼いということもあるのだろうが、とても愛らしいと思っている」

「娘も欲しかったから余計に可愛いのかしら？」

男児ばかり五人生まれたあと、両親はどうしてももうひとり欲しいと子供を作ることを決めたそうだ。

もう成人間近なのでそのあたりの話もなんとなくはわかっているが、生々しいので今は脇に置いておく。

自分達全員を両親が愛してくれているのもわかっているし、ルビーノと比べても格段に幼いサフィリナを特に愛しいと思ってしまってもしかたのないところなのだろう。

だが、今、問題なのはそこではないのだ。

「サフィの持つ知識がおかしいのです。俺の工房で、魔術陣を読み解いてみせました。もちろん、ユニカの手助けもあるのでしょうが……」

と、ユニカの手伝いについても口にしてから首を横に振る。

ユニカの持つ知識と、サフィリナの持つ知識は対等だった。いくらなんでも、三歳でそれはおかしいだろう。

先ほどのふたりの様子を思い出しながらそう語ると、両親ともに顔色を変えた。

「……精霊に特別に愛された子供は、そうなるものなのかしら？」

「問題は、サフィの知識を悪用しようとする者が現れるかもしれないということか……」

ラミリアスが魔術陣を読み取れるようになるまで、どれだけ苦労したのか。両親はすぐ側で見ていたから知っている。

「サフィの守りを厚くすることはできませんか。もっと守れるような」

「……だがなぁ」

父は、渋い顔をしている。

この皇宮は、すでに昔の魔術師が作った結界の魔道具で厳重に警戒されている。そのため、建物から外に出なければ、皇帝一族の者も護衛なしで歩くことができる。

建物から外に出る時には、絶対護衛に声をかけねばならないと決められているし、さらに強化するのは気が進まないのかもしれない。

（カイロスは、例外だし……）

カイロスが護衛をつけずに外に出ることを許されているのは、本人が自衛できるレベルの剣や魔術の腕を持っている上に、ラミリアスや師匠の作った護身のための魔道具を山ほど持ち歩いているからである。

ついでに言えば、カイロスにもひそかに護衛はついている。忍ぶことに長けた者ばかり選んでつけられているので、カイロス本人もついているのは知っていても、存在を把握できていないはずだ。

「サフィに護衛を増やす意味はないし、ユニカがいてくれれば十分だろう」

「ですが、時々ユニカは留守にします。もし、その隙に狙われたら？」

ユニカは精霊達の暮らす世界に赴《おもむ》くことがある。

サフィリナの警戒はその間他の精霊に任せているとはいうが、おそらくユニカは精霊の中でもかなり強力な精霊だろう。ユニカの守りなくして、どこまでサフィリナを守れるかはわからない。

「そうだな、たしかに、以前迷子になったこともあったな……」

ルビーノとふたりで遊んでいたサフィリナが、迷子になったことがある。あの時、ユニカはサフィリナの側を離れていた。

もっとも、ユニカの説明によれば、命の危険が迫っていれば瞬時にサフィリナのところに戻れるそうだ。

あの時は迷子になったとはいえ、安全な場所だったので反応が遅れた――というのは、ユニカの言い訳ではないかとラミリアスはひそかに思っている。

「では、新しい魔道具……か……？」

「すぐに作れるのは、常時発動型の魔道具でしょうか。サフィの周囲の景色を映し出すものです」

常時発動型の魔道具は、一定の感覚で魔力を込めなければ動かなくなってしまうが、魔力の制御ができないサフィリナに変わって誰かが魔力を注げば使える。

イレッタに毎朝魔力を注いでもらえば、問題なく動くだろう。

「そうすれば、サフィが迷子になった時、どこにいるかがわかりやすくなると思うんです」

ラミリアスの説明に、そうだな、と父が両腕を組む。

「でも、それでは、サフィがどこにいるのかがわかるだけよね？　もっと直接的に身を守ることはできないかしら。ほら、カイロスに持たせている魔道具みたいな」

「あれは、カイが使うことを前提に作っています。もっとも、今まで反応したことはないそうですが」

カイロスに持たせている魔道具は、攻撃を加えられた時に自動で反応し、防御する魔道具だ。

だが、魔道具に込めた魔力の消費がとても激しい。

たとえば、旅の間道を歩いている時とか、宿の外で夕食を食べて戻る時とか。危険がありそうなところに行く時、事前に発動させるものである。

そして、ひそかにつけている護衛によれば、今まで一度もその魔道具が反応したのは確認できていないそうだ。

ラミリアスのところにも発動したという記録は届いていないから、護衛の言うことに間違いはない。

「それは、サフィには難しいわね」

毎朝イレッタに魔力を注いでもらうにしても、一日に何度も魔力を注がないといけなくなるので負担が大きくなる。

イレッタ以外の使用人達にも手伝ってもらうこともできるが、それは最終手段にしておいた方がよさそうだ。

「ラミリアス、新しい魔道具を開発してもらえないか」

「俺が、ですか？」

父に指名されて、正直なところ驚いた。ラミリアスにではなく、師匠としている魔術師に命じるものだと思っていたから。

「宮廷魔術師達にも、同じ命令を出す。両方開発に成功したならば、両方持たせてもいいわけだしな」

「……なるほど」

父は、念には念を入れておきたいらしい。宮廷魔術師達にも依頼するというのであれば、ラミリアスとしても、これ以上何も言う必要はない。

「お任せください。全力を尽くします」

「頼んだ。場合によっては、必要な者に渡すこともあるだろうしな」

父に言われて、身の引き締まるような思いがした。そうだ、もし、今父が想定している魔道具が完成したならば、必要とする人はきっと多い。

大切なサフィだけではなく、それ以外の人々を守ることにも繋がるではないか。それを思ったら、身体の内側から込み上げてくるものを覚えた。

胸が熱い。今まで、こんな感情を味わったことがあっただろうか。

ふと視線に気づいて顔を上げる。母が、こちらをじっと見つめていた。母の微笑みは、今までラミリアスが知らなかった感情が交ざっているみたいだ。

「……母上？」

「いいえ、なんでもないの。ただ……」

そこで一度言葉を切った母は、次に何を言おうとしているのか迷っているみたいに視線をさまよわせた。それから、改めてラミリアスに真正面から向き合う。

「今まであなたが、カイロス以外の人を気にかけるってなかったから。ただ、それが嬉しくて」

そんなことはない、と言おうとしたけれど、母の言葉は図星だった。

今までは、自分の魔術に夢中だった。新たな知識が増えるのが嬉しくて、新たにできることが増えるのが嬉しくて。

大切な兄妹達でさえも、ここまで真正面から向き合ったことはなかった気がする。

サフィリナの異常さに気づいたのも、今までとは違う方向から妹を見ていたからかもしれない。

「……そうだな、よろしく頼む」

「承知しました」

もしかしたら、父もそう思っているのだろうか。急に照れくさくなってしまって、両親の顔を見られなくなる。

胸に手を当てて一礼し、表情を隠そうとしたけれど、もしかしたら両親にはしっかりバレているのかもしれなかった。

＊　＊　＊

「サフィ、少し知恵を貸してもらえませんか」

「ラミにいさま?」

「無理なら、いいんですけど」

サフィリナには、決まったスケジュールというのはほぼ存在しない。決められているのは、規則正しい生活を送るというぐらいのもの。

それにそってさえいれば、庭園で遊ぼうが、兄達と時間を過ごそうが、両親と過ごそうが誰も文句を言わない。部屋に引きこもって、ひたすら絵本を読んでいることもある。

「むりじゃない。ユニカ、いこう」

『かしこまりましたぁっ！』

ユニカに声をかけ、とてとてとラミリアスについて歩く。

ラミリアスの手は、職人の手に近いのではないかとサフィリナは思っている。優美な見た目とは裏腹に、ごつごつしていて、タコができていたり、傷ができていたりする。

「にいさま、なにをつくる？」

「うん、防御の魔道具を作りたくて。サフィとユニカに力を貸してもらえないかなって思ったんです」

ラミリアスが床に広げているのは、様々な魔術陣である。サフィリナはそれに視線を落とした。

（ふむぅ……前から思っていたのですが、魔術陣がユニカの知るものよりずいぶん退化しているのですよ）

（そうなの？）

（この五百年の間に、人間の魔力や魔術の扱いはずいぶん後退していますからねぇ）

そういえば、以前、ラミリアスの前で魔術陣を書き換えた時もそのような会話をしたのを思い出した。

「にいさま、なにがしたいの？」

「カイロスの持っている防御の魔道具を改良したいと考えています」

カイロスが持っている魔道具は、術者の魔力を流すことにより、身体の周囲に薄い膜を作り出すものだそうだ。それは、物理的にも魔術的にも非常に高い耐久性を持つという。

「かいりょう、いる？」

「ええ、いりますとも。だって、魔力の扱いに慣れていない人には、扱えないものですから」

その魔道具は、術者の魔力を使って発動する。そのため、魔術が使えない人には使えないそうだ。

カイロスの場合、指輪の形をしていて、必要な時にあらかじめ発動して身にまとわせているとラミリアスは話してくれた。

（たしかに、今の私じゃ無理だろうなー）

魔術の勉強を始めてからでないと、サフィリナには使いこなせない魔道具のようだ。

「魔力の扱いができない人でも、スイッチを入れたらすぐに防御の陣が発動して、スイッチが切れるまで続くようにしたいんですけど……魔力の消費量が、ねえ」

と、頬に手を当ててラミリアスは嘆息。

なんでも、カイロスに持たせている魔道具は、持続時間が三十分程度。

もちろん、切れる前に魔力を補充すればそれですむ話だ。だが、それができるのは、カイロスが魔力を使うのに慣れているから。

三十分という持続時間も、短いのではないかという話になっているらしい。たしかに、改良するとなると大ごとである。

「……ユニカ、ラミにいさまをおてつだい」

『よろしいですよ。ユニカにできることでしたら、なんでもお手伝いしますとも』

ユニカもサフィリナに同意してくれる。

「この魔術陣はどういうものか、わかりますか？」

ラミリアスは、サフィリナの前に魔術陣を滑らせた。

「ユニカ、おねがい」

『かしこまりましたっ！』

サフィリナの肩にいるユニカに見せたいのだろうと判断し、ユニカに見てもらう。

（うん、やっぱり読めちゃうなぁ……）

サフィリナは、差し出された魔術陣を眺めて内心でため息をついた。ラミリアスが苦戦しているらしいこの魔術陣、読めてしまうのである。

たくさんの円とその中に描かれている文字。その文字は、今の時代では失われているものである。

（この間は気づかなかったんだけどさ、これ、私が教えたらものすごく不自然だよね……というか、なんで読めるか知ってる？）

（し、知らないでございます。ユニカはただ、主様にお仕えしているだけなのですよっ！）

ユニカに聞いてみるけれど、反応が明らかにおかしい。

とはいえ、おかしな反応をしているユニカを苛めたいわけでもないので、とりあえずどうラミリアスに伝えるか考える。

（ユニカが言えばいいじゃない）

（たしかにそれはそうなんですけれどもぉ……）

ユニカがもじもじする理由がわからない。

「お願いします、サフィ。わかるところだけでいいんです」

「……む」

目の前に膝をついたラミリアスが頭を下げようとするから、慌てて左右に手を振る。頭を下げられても困ってしまう。

「サフィの役に立ちたいんです」

泣き出しそうな目で見られ、サフィリナは唇を引き結んだ。サフィリナは、その言葉に弱いのだ。

役に立ちたい、そうすれば愛してくれるかもしれない。

前世では、何度そう思ったことだろう。

「にいさま、サフィは、なにもしてくれなくてもラミにいさまがすきよ」

そう言ったら、ますますラミリアスは顔をくしゃっとさせた。慌ててサフィリナは、彼の注意を目の前の魔術陣に向ける。

「サフィは、まじゅつじんのことはよくわからない。でも、このまじゅつじんはむだがおおい。ここ、けずれるし、ここはくりかえしだから、べつのばしょにかく」

「なるほど。魔術陣をいくつかに分けるんですね……これなら、魔力の節約につながるよう修正できるかも」

ラミリアスは目を輝かせた。

と、ユニカが魔術陣の上に飛び降りる。

『お前はまず、古い魔術陣の解析から始めるがいいのですよ。いきなり描こうとしてもだめなのです』

「古い魔術陣……？」

『簡単にしようとして、美しい魔術陣が失われたのです。嘆かわしい』

ユニカは深々とため息をつき、それから嘴で魔術陣の描かれた紙を何枚かラミリアスの前に押しやる。

『自力で解析するがいいのです。困ったら、ユニカにたずねればいいのです。教えてやるぐらいはします』

教えてやるぐらいって、ユニカがとても偉そうだ。

けれど、ラミリアスは、受け取った紙を大切そうに抱え込んだ。

「古い魔術陣と今の魔術陣の違いってなんですか？　今の俺でも使えますか？　どうしたら、魔術陣が読めるようになりますか？」

やたらに早口だしぐいぐい来るし、目はあらぬところを見ているしでだいぶ怖い。

ユニカもそう感じたらしく、ひょいとサフィリナの肩に飛び乗った。

「にいさま、すとっぷ」

サフィリナは両手のひらを突き出して、それ以上ラミリアスが近づいてこないようにけん制する。ぴたりとラミリアスは止まったけれど、恨めしそうな目をじっとこちらに向けてきた。

「ラミにいさまはにいさまのしごと、サフィはサフィのしごと……おしごと、だいじ」

「……わかりました」

サフィリナに決まった仕事はないけれど、こう言っておけばラミリアスも納得してくれるだろう。

こうして、ラミリアスの新しい魔道具開発が始まった。一度何かを始めると熱中してしまうのは、ラミリアスもカイロスもよく似ているらしい。

「うーん、これはどうしたらいいんでしょう……？」

夕食の席にまで、魔術陣を描いた紙を持ち込んでいる。ラミリアスに向かって、母は警告するように指を振った。

「それは一度しまいなさい。読みながらなんて、行儀が悪いですよ」

「はい、母上」

言われたあとは、ラミリアスも資料をテーブルの下に片づけたが、続きが気になるようでそわそわしている。今日のデザートはプリンなのに、それを残して工房に戻ってしまった。

「ラミリアスは、何をしているのかな？」

「……新しい……防御の魔道具……」

優しい声音で、アズライトはカイロスに問いかけ、カイロスもそんな兄に向かって笑みを向けた。

「カイ兄上は、いっつもラミ兄上の魔道具持って出かけてるんでしょ？　新しい魔道具必要なの？」

ルビーノは、テーブルに残されたラミリアスのプリンが気になってしかたないらしい。自分の分は食べてしまって、ラミリアスの席を見つめている。

「魔力なくても……使える……サフィを……守る魔道具……」

「サフィは、ユニカがいるから大丈夫じゃないのか？」

とっくの昔に自分の皿は空にしてしまったフェリオドールが話に加わった。

『ユニカは無敵でございますからね！』

と、サフィリナの席の隣にいるユニカは胸を張ったが、問題はたぶんそこではない。

「たしかに、魔道具があるのはいいことかもしれないね。街に出た時に使えるなら、護衛も楽だろうし」

「そういえば、兄上はサフィを連れて街に出かけたんだろ？　サフィ、今度俺と出かけるか？」

テーブル越しに手を伸ばしてきたフェリオドールが、サフィリナの頭をぐしゃぐしゃとかき回す。彼なりの愛情表現なのはわかっているのでやめさせるつもりもないけれど、こう遠慮なくぐいぐいかき回されるのは少し困る。

「とうさまとかあさまがいいよっていったらいい」

それを聞いた両親が噴き出した。

「サフィの方がよほど大人だな」

「フェリオドール、あなたはもう少し修行が必要ね。シグルドの許しを得るまではやめておきましょうか」

母にそう言われ、フェリオドールは渋い顔になった。

シグルドとの剣術の訓練は、まだまだ続いているらしい。

「……そういえば、兄上はシグルドから教えることはもうないって言われてたっけ」

「私は、フェリオドールほど剣を磨かなくてもかまわないからね」

にっこりと笑ったアズライトは、サフィリナにこっそり片目を閉じてみせる。あのお出かけが、アズライトにとっても癒やしになっていたのならよかった。

最後の一口を食べたフェリオドールは、テーブルに残されていたラミリアスのプリンを手に取った。

「ああっ、フェリ兄上、それ僕が狙ってたのに！」

と、ルビーノは正直者である。自分の分だけですっかりお腹がいっぱいになっているサフィリナは、それを黙って見ていた。

「そうじゃない。ラミリアスに持っていってやろうと思って。母上、かまいませんよね？」

「ええ、もちろんよ」

フェリオドールを見たユニカの声が、頭の中で響く。

（あいつ、なかなかやるのですよ。弟の分を運んでやろうだなんて、なかなか見所があるのです）

（フェリ兄様は、優しいもん。フェリ兄様じゃなくても、きっと誰かが持っていってくれたと思うな）

今日のラミリアスは、少し顔色が悪かったようにも思う。風邪を引いたわけでもなさそうだけれど。

「きっと夜食は必要になるだろうから、一緒に持っていってくれるかな？」

夕食を終えてから、まださほど長い時間はたっていないというのに、アズライトは、厨房に頼んでサンドイッチを作らせていた。

いわく、開発に入ったラミリアスは、すごくお腹を空かせやすくなるから、と。さすが、アズライト。弟達のことをよく見ている。

「……手を繋ごう」

「いやいや、しばらく会っていなかったんだ、私に抱かせてほしい」

「俺だって、サフィを抱きたい！」

「兄上達！　今日は僕の番だって！」

カイロスは手を差し出し、アズライトはサフィリナを抱き上げようとする——と、横から割り込んできたフェリオドールがアズライトの手を掴み、ルビーノは兄達の後ろから声をあげる。

（……子供か！　ここにいる半分は子供だった！）

成人しているアズライトとフェリオドールはともかく、カイロスとルビーノは子供だった。

めげずにフェリオドールが手を伸ばしてくるのをするりとかわそうとし、ぺたんと転ぶ。

「あっ」

四人の声が綺麗に揃った。転んだサフィリナは不機嫌になった。

「にいさまたち、サフィはひとりであるくのです」

サンドイッチを持っていなくてよかった。

持っていたらきっと、つぶしてしまっていた。

だが、兄達が余計なことをしなければ、サフィリナが転ぶこともなかったわけで。

不機嫌になったサフィリナは、ずんずんと歩みを進める――足が短いので、すぐに追いつかれるわけではあるけれど。

「ごめんって」

「悪いな」

ルビーノが小走りに先を行き、振り返ったところで頭を下げる。隣に並んだフェリオドールが謝罪の言葉を口にした。

「私も少し、大人げなかったかもしれないね」

「……手は繋いだ方がいい」

アズライトも反省の弁を延べ、それでも手は繋ぐべきだとカイロスは主張する。

（……愛されてますな、主様）

（愛されているならいいけどね）

心の中でひそひそとユニカと囁き合い、兄達は放置して工房に向かう。扉のところから声をかけてみるけれど、返事はなかった。

「サフィの声にも気づかないなんて、よほど集中しているのかな」

遠慮なく手を伸ばしたアズライトは、扉を開き、そのまま中に足を踏み入れる。けれど、そこで止まってしまった。

アズライトと扉の細い隙間から、中に入り込んだサフィリナもまた、目の前の光景に言葉を失う。

ラミリアスは、床にあおむけに転がっていた。目は固く閉じられており、ぴくりとも動かない。

「ラミにいさま！」

床の上に散らばっているのは、多数の魔術陣の描かれた紙。だが、それらはどれも描きかけ。ラミリアスの苦労がうかがえるようなものだった。

「……ラミリアス、どうした？」

「兄上、侍医を呼ぶ！　侍医が来るまで動かさない方がいい」

年長組ふたりが素早くラミリアスに駆け寄った。

ルビーノも近づこうとするのを、カイロスが止める。

「ルビーノ、外にいる護衛に侍医を呼ぶよう伝えろ」

「は、はいっ！」

振り返ったフェリオドールがルビーノに指示をした。飛び上がったルビーノは、そのまま扉の外に駆け出していく。

「カイにいさま、なんともない……？」

ラミリアスとカイロスは双子だ。それだけに、他の人が何も感じない時でも、ふたりだけは通じ合っていることもあるという。

ならば、今、カイロスは何をどう感じているのだろうか。

「……だるい」

だるい？　ラミリアスが具合悪くなって倒れたのを、カイロスも感じているのだろうか。と、サフィリナの肩にいたユニカが飛び出した。

『魔力がなくなっているのですよ。自分の魔力の限界を心得ていないようですね！　まったく情けない！』

「……ラミリアスは、兄弟の中でも突出した魔力の持ち主だから……では、魔力回復薬を持ってくればいいか」

『それじゃ、だめなのです』

魔力が足りなくなって倒れているのであれば、魔力回復薬を使うのが一般的だ。でなければ、苦しいまま一晩放置。それで少しは楽になるとも聞く。

『この馬鹿者は、自分の限界を超えて魔力を使ったのですよ。となると、単なる魔力回復薬でも追いつきませぬ』

ユニカの説明によれば、単に魔力が足りなくなっただけではなく、魔力が足りなくなってもなお魔力を扱おうとし、生命力を魔力に転換してしまったそうなのだ。

『最後の自爆攻撃をしかける魔物では見たことあるのですが、人間でやったのを見たことはありませんよ……いえ、ないわけではないのですが』

もそもそと最後の方はつけ足して、ユニカはぐるりと見回した。

「……わかった。任せろ。フェリオドール、手を貸せ！」

アズライトが厳しい顔になる。いつの間にか姿を消していたフェリオドールが、毛布を持って戻ってきた。

毛布の上にラミリアスを横たえ直すと、アズライトとフェリオドールは、ラミリアスの左右の手を取った。

「魔力を直接流し込む。ユニカ、それでいけるだろう？」

『さすがですね、アズライト！』

魔力が足りなくなった時に、こうやって治療することがあるらしい。もっとも、ここまで緊急事態になるのは珍しいらしいが。

「ちょ、兄上！　それ俺苦手なやつ！」

「一度に流すのではなく、細く、ゆっくり流すよう心掛けるんだ」

「……やってみる」

緊張した面持ちのフェリオドールは、しきりに深呼吸を繰り返している。

「よし、流せ！」

アズライトとフェリオドールは、ラミリアスに魔力を流し始める。大丈夫だろうか。そわそわしながらサフィリナが見守っていたら、ユニカがこちらに指示を出してきた。

『主様は、そこのテーブルの丸いのを持ってくだされ』

「これ？」

サフィリナに指示されたのは、丸玉を抱えることだった。きらきらとしているから、たぶん、水晶とかそういう類のものなのだろう。

サフィリナの拳よりも大きく、一瞬取り落としてしまいそうになる。慌てて床に座り、膝の上に抱えるようにした。

『カイロスとルビーノは、その丸いのに手を置くのです。お前達は、魔力をそこに押し込めるのですよ』

カイロスとルビーノの手が丸玉に乗せられた。

『ユニカが合図をしたら、ふたりは魔力を流すのです』

「……わかった」

「任せろ！」

けれど、今日はそれだけではすまなかった。

『そこのふたり、ちゃんと魔力を丸いのに集めるのですよ』

「やってるけどさっ！」

「む、難しい……」

カイロスとルビーノも魔力を流し込もうとはしているが、反発しているようで苦心している。

（……あれ？）

サフィリナも、魔力を流そうとしていた。まだ正確に魔術を習い始めたわけではないが、魔力を流すぐらいならできそうだ。

——けれど。

目の前に浮かぶのは、サフィリナの知らない光景。

大きな生き物の死体。真っ黒に燃え尽きた生き物の死体だ。そこに横たわるのは、傷だらけでぼろぼろになった女性。

『ユニカ、私間違えていたのかな……』

『主様、死なないでください！　主様！』

ユニカが、こんなに必死になっているのは、初めて見た。サフィリナの前では、いつだって楽しそうなのに。

『……私、愛されたかった……』

長い髪の女性。サフィリナには、彼女の顔は見えていなかった。

愛されたかった。

同じことをサフィリナの前世である凛子も思っていた。愛されたくて、家族の一員になりたくて——でも。

「サフィ、だめっ！」

不意にルビーノの声がして、サフィリナは現実に引き戻される。

「魔力があふれちゃうよ。サフィはまだ、小さいんだから、そんなことはしちゃだめだ。持っているだけでいい。まだ、習ってないんだし」

「僕と……ルビーノに任せて……」

ふたりの声音からは、サフィリナを案じている様子が伝わってくる。ふたりがサフィリナを案じている様子に、きゅっと胸が締めつけられるような気がした。

「ごめん、にいさまたち。サフィ、なにかまちがえた」

「ん」

「大丈夫。僕とカイ兄上の魔力だけで間に合うと思うよ」

カイロスとルビーノが微笑みかける。

（今の、なんだったんだろう）

それにしても、今見た光景はなんだったのだろう。

『主様、その球をここに置いてくだされ』

ユニカに言われ、サフィリナは立ち上がり、ラミリアスの胸にその球を置く。その間も、アズライトとフェリオドールは魔力を流し続けている。

何事かつぶやいたかと思ったら、球がまばゆい光を発した。

『これでよし、でございます』

自慢そうなユニカの声がしたかと思ったら、ラミリアスが身じろぎした。ラミリアスを回復させるのには、四人分の魔力が必要だったようだ。

「……あれ？」

「あれ、ではないよ。ラミリアス。気をつけなさい」

「アズ兄上……」

目を開いたラミリアスの背中に手を添え、アズライトはそっと上半身を起こしてやる。しきりに瞬きを繰り返しているのは、まだ意識がはっきりしていないからなのかもしれない。

「私達がどれだけ心配したと思っているんだ？　危うく命を落とすところだったんだぞ」

静かなアズライトの言葉に、ラミリアスはしゅんとしてしまった。

「カイロスとルビーノも魔力を渡してくれた。ちゃんとお礼を言っておけよ」

フェリオドールが、ラミリアスの頭をぐしゃぐしゃとかき回す。サフィリナの頭も、いつも同じようにされている。

「ラミ兄上！　僕とカイ兄様も頑張った！」

サフィリナとユニカにお礼を言うラミリアスに、ルビーノが自分も頑張ったと主張する。

「というか、お前本当に魔力多かったんだな。俺と兄上の魔力だけで足りないなんて思ってなかったよ」

「フェリ兄上？　どういうことですか？」

「俺と兄上が魔力譲渡している横で、カイロスとルビーノの魔力をその玉に詰めたんだよ。それも、ユニカがお前に吸収させたんだ」

「そうだったんですか……ルビーノもカイもありがとう」

自分がとんでもないことをしたと、ラミリアスもようやくここで気づいたらしい。

ルビーノは照れたように視線をそらし、カイロスは肩をすくめただけだったけれど、ふたりとも悪い気はしていないようだった。


一歩間違えれば大変なことになるところであったけれど、家族の居間に新たな絵が飾られることになった。

床の上に大きな紙を広げ、そこに魔術陣を描くラミリアスの姿。その横にいるのはサフィリナで、ユニカが嘴で何やら指示している様子。

「……素敵な絵ね」

「魔術陣の解析は、まだまだこれからだろうけどな」

その絵を見ながら両親がそんな会話をしていたのを、サフィリナは知らない。

第六章　幸せ家族の平和な休日

カイロスのアトリエは、ラミリアスの工房の隣の部屋だ。

ラミリアスの工房とは中扉で繋がっていて、自由に行き来できる。双子として生まれたふたりは、特に仲がいいから、互いの邪魔にならないタイミングが言葉にしなくてもわかってしまうほど。

「……カイにいさま、どうした？」

ルビーノとラミリアスの工房に遊びに来ていたサフィリナは、スケッチブックを睨んでため息をつくカイロスに目を向けた。

「……乗らない」

「あー、カイ兄上、ずっと皇宮にいるもんね」

カイロスの言葉に、ルビーノは納得した様子でうなずいた。

そういえば、カイロスはしばしば皇宮を離れ、題材を求めて自由に旅をしていた。だが、最近はずっと皇宮にいる。

「……楽しいから」

「サフィとあそぶのが？」

膝に抱きついて顔を見上げれば、少し照れたように笑う。

今の表情、我ながらあざとかっただろうか。だが、いいのだ。サフィリナは自分の愛らしさを存分に使うつもりでいる。

だって、せっかく可愛く生まれたのだし。

「うん……楽しい……でも、ここには描きたいものが……ない」

「そっか。最近ずっと家族の絵を描いていたからか」

ぽん、とルビーノが手を打ち合わせる。

戻ってきてからのカイロスは、兄達の誰かとサフィリナという組み合わせでずっと絵を描いていた。

その絵はいずれも素晴らしく、団欒の場である居間に飾られている。

「そうですね、カイロスがこれだけ長くとどまっているのって久しぶりかも……おっと」

ラミリアスの手元で、ぼんっと小さな爆発が起きた。こちらに意識を集中していたために手元が狂ったらしい。

『危ないのですよ、ラミリアス。この、愚か者。ユニカの言う通りになぜしないのです』

「ごめんなさい、先生」

いつもはユニカと呼ぶが、今は先生と呼ぶらしい。ユニカの持つ知識に敬意を払っているのだろう。

『わかればよろしい。さあ、もう一度試してみるのですよ』

いつの間にかユニカは、ラミリアスに魔道具の作り方を教えるようになっていた。

なんでも、ユニカの記憶にある魔道具の方が、今の時代よりもずっと進んでいて洗練されているそうだ。

ユニカが何歳なのか聞こうとしたら、『精霊に年齢はないのですよ』ではぐらかされた。

以前、ラミリアスに魔力を流した時に見た光景。あれが前の主ではないかと思っているが、問いただすのはためらわれてそのままになっている。

「カイにいさま、おそとにいこう」

旅をしたいというのなら止めるつもりもないけれど、今のカイロスは旅をするより家族の側にいる方を望んでいるように思える。

それでも、描きたいものが見つからないというのなら外に出ていけばいいのだ。この世界は、とても美しいのだから。

「外って……庭園……？」

「うーん、もりとか？」

近くに森があるかどうかはわからないけれど、庭園と違う景色を見たら描きたくなるかも。

「それなら、ピクニックに行こうよ。安全な場所、父上なら知っているだろうし」

ルビーノが提案してくれたピクニックも悪くない。

「いいですね。俺も、少し頭がパンパンです」

ラミリアスが、ルビーノに賛成する。こうして、ピクニックに行くことが決定した。


それから数日後のこと。

皇族が暮らしている建物の前に、二台の馬車が用意された。一台は皇帝一族が全員乗れる大型のもの。もう一台は、イレッタを筆頭に侍女や侍従が乗り込むもの。

（……軽く外に行こうと言ったつもりが）

馬車を目の当たりにしたサフィリナは、遠い目をした。

ちょっと外に出かけるだけのつもりだったのに。サフィリナが思っていた以上に、皇帝一族は厳重に警護されるもののようだ。

ラミリアスや師匠の作った魔道具があれば十分かと思っていたら、カイロスがひとりでふらふらしているのは例外中の例外。

普通ならば、こうやって多数の使用人や護衛を引きつれて出かけるものらしい。家族でピクニックのつもりが、大人数を連れて出かけることになってしまった。

「サフィ、どこに乗る？　私の隣か、膝か」

「兄上、何ちゃっかり自分を売り込んでるんだよ。サフィ、俺と乗るだろ」

にっこりと笑って手を差し出すアズライトに、彼を牽制するフェリオドール。

アズライトは、ローズマリーとのお付き合いが順調に進んでいるようだ。このところ、家族の前でもバイオリンを手にすることが増えた。

「今日は……僕とラミリアスの……間」

「俺とカイロスの間でどうでしょう？」

「だめだって！　一緒に出かけられるのはめったにないんだから、僕の隣にして！」

双子が間にサフィリナを挟むことを提案し、ルビーノがそれでは不公平だと食ってかかる。

兄達、これで大丈夫なのか。一応、この国の未来を支える者達のはずなのだが。

「サフィは、とうさまとかあさまのあいだにのる」

たぶん、これが一番平和な解決法だ。近頃忙しくて、両親と過ごす時間は少なかったし。

何か言おうとしていたルビーノも、アズライトに何か囁かれて口を閉じる。

「とうさま、のせて」

「もちろんだとも、さあここにおいで」

父に向かって両手を広げると、蕩けんばかりの顔で抱き上げてくれる。

両親に挟まれ、座席に座ってようやく落ち着いた。

馬車の座席は三列ある。一番前にサフィリナと両親。次の列にはアズライトとフェリオドール。

双子とルビーノは三列目。

馬車の中はゆったりとした作りで、横幅も広い。これで比較的近場に出かける時用の馬車だというのだから驚きだ。

それから、最後尾には飲み物や軽食を用意できる作業台と簡易椅子が用意されていて、そこには侍女がひとり乗り込んでいた。彼女は口を開かず、じっと自分の席に控えている。

「んふふ、おでかけ」

右手側に父、左手側に母。ふたりの間にいるサフィリナは、ご機嫌で足をぱたぱたとさせた。

ユニカは定位置、サフィリナの肩の上である。

前世では、ひとり家に残されることが多かった。こうやって家族全員でお出かけできるのは本当に嬉しい。

(今日は、ユニカも大サービスでございますよ、主様)

(大サービス……？)

肩から膝の上に降りてきたユニカは、自慢そうに翼をぱたぱたとさせた。

何をサービスしてくれるのかはわからないけれど、家族と一緒だから悪いようにはならないはず。

目的地は、馬車で三十分ほど行ったところにある森だった。ここは、皇族の直轄領で、許可を得た者以外、立ち入り禁止なのだそうだ。

森の中は、こういった時に使えるよう、きちんと手入れされた場所が用意されている。思っていた以上のいたれり尽くせりだが、これはこういうものだと受け入れた。

湖の側、草の上に敷物を広げ、まずはそこに集合だ。

使用人達が乗り込んでいた馬車には、調理道具なども用意されていたようで、次々に機材が運び出されていた。

「そういえば、家族でこうやって出かけるのは久しぶりだわね」

敷物に腰を下ろし、使用人達が準備をしているのを見ながら、母がぽつりとつぶやいた。

（そうか、私が病弱だったから……）

近頃ではかなり丈夫になったが、少し前までサフィリナはしょっちゅう熱を出して寝込んでいた。

だから、こうやって皆で出かける機会もなかったのだろう。ルビーノは、サフィリナが生まれてから、我慢することも多かったのではないだろうか。

ぐるりと見回せば、ここが森の中だとは思えないほど丁寧に手入れされている。

少し離れたところには湖。

「ルビにいさま、あっち！　おさかないる？　みたいみたい！」

サフィリナは、湖の方を指さして、手足をぱたぱたさせた。

「どうかな、行ってみようか。僕の手を離すんじゃないよ」

「あい！」

返事は完璧。ルビーノとしっかり手を繋いで、湖の方に向かう。

ユニカは、少し後ろから飛んでついてきた。

湖の水はきらきらと輝いていて、魚の姿も見えそうなほどすんでいる。水鳥達が水面をすいすいと泳ぎ回っているのも平和な光景だ。

「おさかな、おさかな！」

ぐいっとかがみ込んで覗こうとしたら、頭の重さに引っ張られた。

そのまま前のめりに水に落ちそうになるのを、ルビーノと繋いだ手が引き留め、身体に回された誰かの腕が引き上げてくれる。

「気をつけろ。落ちたら洒落にならんぞ？　ルビーノは、手を離さなくて偉かった」

「あい、フェリにいさま……ありがと」

素早くサフィリナを救い上げたフェリオドールは、膝をついてサフィリナと視線の高さを合わせてくれた。

「俺が支えているけどな、注意はしておけよ」

「あい、きをつける。ルビにいさま、おさかなは？」

「ここにはいないかなぁ。もうちょっとあっちに行ってみる？」

再びルビーノと手を繋ぎ、湖の外周に沿って歩き始める。ところどころで水の中を覗き込もうとすると、その度に身体にフェリオドールの腕が回された。

過保護ではあるが、守ろうとしてくれるのはありがたい。実際、頭の重さに引っ張られた。

「私も仲間に入れてくれるかな？」

そこにアズライトが加わる。彼は、サフィリナのすぐ後ろから歩き始めた。

「兄上、カイロスとラミリアスは？」

「絵の題材を探しているカイロスに、ラミリアスが付き合っているという感じかな」

アズライトに問いかけたフェリオドールが、なるほどとうなずく。カイロスが描きたい題材が見つかるといい。

「サフィ、亀がいるよ。あんなに大きい亀は、私も見たことがないな」

アズライトが指さしたのは、岩の上に上がり、甲羅を干している亀だ。大きいが魔物ではなく動物に分類されるそうだ。サフィリナが乗れそうなほどに大きい。

「厨房で、古いパンをもらってきたんだ。投げてみる？」

得意そうな顔でルビーノが差し出したのは、古くて硬くなったパンである。湖にいる鳥や魚に、餌として投げるらしい。

「サフィ、なげたい。いいの？」

「もちろん！」

ルビーノは、パンを半分にちぎってサフィリナに分けてくれた。

『主様、あちらに魚がたくさんいますよ！』

ユニカが魚のたくさんいる場所を教えてくれて、そちらに向かってちぎったパンを投げる。

水面に上がってきた魚が、パクッとパンをくわえては水底に戻っていく。

魚にパンをやっていたら、水鳥達もそこに加わった。パンを嘴に挟み、一気に飲み込む。大きな鳥に、魚達は蹴散らされる。

思わぬところで、自然の摂理を目撃してしまった。

「サフィ、次はどこに行きたい？」

「わあっ」

ひょいと担ぎ上げられたかと思ったら、フェリオドールの肩の上。肩車されて、いつもより視線の位置がぐんと高くなる。

「にいさま、にいさま、サフィおちちゃう！」

「俺に任せろ。絶対に落とさないから！」

「ならいいけどさぁ」

フェリオドールは、家族の中で一番背が高い。彼の頭に手を置いて、落とされないようにしながら、周囲を見回す。

「フェリ兄上、ずるい！」

「ん？　ルビーノも肩車をしてほしかったのか？」

「そうじゃなくて――わあ、アズ兄上！」

ひょいとアズライトがルビーノを抱え上げる。

「さすがに、肩車は無理かな」

「そうじゃないよ！　アズ兄上！」

抗議しながらもけらけらと笑っているから、ルビーノも楽しいみたいだ。

アズライトは、筋肉もりもりというわけでもないのに、軽々とルビーノを抱えているのはすごい。

「ルビにいさまよりせがたかい！」

「フェリ兄上の肩車だもんな！」

なんて笑い合っていたら、向こう側でラミリアスとカイロスがふたり並んで座っているのが見えた。

カイロスの持つスケッチブックを、ラミリアスが覗き込んでいる。ピッタリくっついているふたりは、双子というだけあってよく似ている。

何事か囁き合って、つつき合い、それからくすくすと笑っている。

「カイにいさま、ラミにいさま」

サフィリナは、ふたりの方に手を振ったけれど、カイロスはスケッチに夢中になっているようだ。ラミリアスも、カイロスの手元を熱心に見ていて、サフィリナには気づいていない。

「……むぅ、つまんない」

「近くまで行くか？」

「んーん、いいよ。カイにいさまのおじゃまになっちゃう」

気づいてくれた方が嬉しいけれど、カイロスが夢中になって描けるものが見つかったなら、その方がいい。

たっぷり自然を満喫してから敷物のところに戻ると、父と母はすっかりくつろいでいる様子だった。父の手にはワイングラス。まだ日も高いというのにすでに飲み始めている。

母の手元にあるのはスケッチブックだ。母も絵を描くとは知らなかった。

「かあさま、なにかいてるの？」

「カイロスほどではないけれどね、私も水彩画を少々たしなむの」

「たしなみ……！」

軽く鉛筆で下書きし、そこにささっと色を乗せただけだが、サフィリナの目から見ても母の絵はかなりの水準だと思われた。

描かれているのは、母の座っているところから見える湖と樹木。

もしかして、サフィリナもこの程度は描けるようにならなければいけないのだろうか。たしか、貴族の子女にはある程度の絵の腕も求められると聞いたような。

（まあ、その時になったら考えればいいか）

まだ三歳だしあとでいいや、と未来の心配は勢いよく放り投げてしまう。

アズライトとフェリオドールも、ワイングラスを手に取る。ルビーノとサフィリナの前には、ジュースのグラスが置かれた。

「お腹空いたなあ」

たくさん歩いて疲れたらしいルビーノがつぶやく。

ピクニックについてきた料理人は、野外用の調理器具を巧みに使って、次々に料理を作り出していた。食欲をそそる香りがあたりに立ち込めている。

「カイロス、いい題材は見つかったか？」

「……はい」

父の問いに、カイロスはこくりと首を縦に振る。あとで、カイロスのスケッチブックを見せてもらおう。

料理人達が用意してくれたのは、持参したパンの間にこの場で焼いた肉と野菜を挟んだ野趣あふれるサンドイッチ。

ベーコンとハムのサンドイッチや、卵を使ったサンドイッチもある。それから、カップに注がれたスープにグリルした野菜。どうして、屋外で食べるとやけに美味しく感じるのだろう。

それだけでは足りないというフェリオドールやアズライトのために、大きな肉の塊も焼かれていた。焼いたところからナイフで切り落とし、ピリ辛のソースをつけて食べるそうだ。皇宮ではまず出ない調理方法である。

デザートには、砂糖とバターをたっぷり使った焼きリンゴと、森で摘んできたベリーをその場で煮込んだ簡単ジャム。皇宮から持参したパウンドケーキも。

『お腹いっぱいでございます……！』

サフィリナの側で、半分に切り分けてもらったサンドイッチをたいらげたユニカは満足そうである。

ユニカの身体に入る分にしては多すぎる気がするのだが、どこに入っているのだろう。精霊だし、考えるだけ無駄か。

両親と成人しているアズライトとフェリオドールは食事と共にワインを楽しみ、食事を終えたカイロスは、再びスケッチブックを広げる。

ラミリアスは、そんなカイロスをじっと見ていた。ラミリアスの唇には微笑みが浮かんでいる。カイロスが再び絵を描いているのが、嬉しいのかもしれない。

食事を終えたサフィリナとルビーノは、地面に石を積み始めた。積み木とは違い、様々な形をしている自然の石は、上手に積み上げるのが難しい。

「手伝いましょうか？」

「ラミにいさま。にいさまはじょうずにつめる？」

「さて、どうでしょう？　でも、きっとそんなに下手ではないと思いますよ」

ラミリアスも加わった。丁寧に石を積み上げる——と、崩れた。

「あー、それおしろつくってた」

「……ごめんなさい」

ラミリアスが積み上げたとたん崩れたので、思わず失望の声を漏らす。ラミリアスが小さくなった。と、くすくすと笑う声が聞こえる。

「ラミのそんな顔、初めて見た！」

「カイ、笑ってないで手伝ってください……元のように積み上げないと、ほら、ルビとサフィが」

ラミリアスが崩してしまった分を積み上げる。また、崩れてしまう。めげずにもう一度。何度も繰り返し、ラミリアスが崩してしまった時よりも高く積み上げることに成功した。

石を積み上げるだけで、こんなに楽しいなんて、考えたこともなかった。

『ああ、そろそろ到着ですね……』

きょろきょろとユニカは周囲を見回した。と、ユニカそっくりの鳥達が、次から次へと舞い降りてくる。

（シマエナガ……？）

白い身体、縞模様、長い尾に黒い目。どこからどう見てもシマエナガ。

こんなにそっくりな生物がこちらの世界にもいるなんて考えてもいなかった。

『ふふ、お前達。恐れおののくのがいいですよ。これは全員精霊なのですから』

「精霊……？」

『神々しいでしょう、ユニカほどではありませんが、それなりに力を持った精霊達ですよ！』

ユニカを中心に、ぱたぱたと集まってきた精霊達が飛び回っている。精霊だというが、神々しいというより愛らしい。

なぜか皆、サフィリナの側に寄ってきては、身体に止まろうとする。

『こらこらお前達、図々しいのですよ！　主様はユニカの主様ですよ！　お前達は、主様のお側で我慢しなさい！　主様に触れていいのはユニカだけですよ！』

その言い方もどうかとは思うのだけれど、あっという間にサフィリナの周囲は鳥で囲まれてしまった。木の根のところに腰を下ろし、手を差し伸べてみる。

チチッと鳴いた鳥が、サフィリナの差し出した手に止まろうとする――と、何かに驚いたように急に向きを変えた。

代わりにそこに腰を落ち着けたのはユニカである。サフィリナをひとり占めしたいらしい。

（大人げないんじゃないの？）

（ユニカは大人ではありませんので！）

ユニカはサフィリナに近づこうとする他の精霊達を牽制している。

『カイロス、どうです？　絵を描いてみたいとは思いませんか……？』

尾を振り振りカイロスに問うユニカの言葉は、精霊の言葉というより悪魔の囁きのようでもあった。目を丸くしてその光景を見ていたカイロスは、ふっとスケッチブックに視線を落とす。

「サフィは……可愛い……」

『それは皆知っているでしょう』

スケッチブックに鉛筆を走らせ始めたカイロスの隣に、ラミリアスがちょこんと腰を下ろす。

「いいなあ、カイ兄上は絵が上手だから」

「……しっかり見る……それだけで……変わる」

後ろから覗き込んだルビーノが嘆息すると、カイロスは彼にもきちんと返していた。

「サフィもみたい！」

立ち上がろうとしたら、カイロスは手でサフィリナを制した。

「……今……いいところ……」

それを言われてしまったら、サフィリナもカイロスの方には行けない。元の位置にちょこんと座り、だけど頬はぷくっと膨れている。サフィリナも見たいのに。

やがて立ち上がったカイロスは、サフィリナの前にスケッチブックを差し出した。それを見たサフィリナの目が丸く大きくなる。

「……できた」

描かれたのは、簡単なスケッチだけ。

なのに、大きく張り出した木の根に腰を下ろし、膝の上にユニカを乗せたサフィリナの姿が生き生きと描き出されていた。

周囲を飛び回る精霊達も、鉛筆の線だけなのにきちんと発光しているように見えていて、ただの鳥ではないのだと見る者に伝えてくる。

「……描きたいもの、できた」

そう言ってカイロスが微笑むから、サフィリナの胸もぽかぽかとしてきた。こうやって、皆で楽しく過ごすのも悪くないかもしれない。

――だけど。

もったいないと思ってしまった。

「カイにいさまのえ、もっといっぱいのひとにみてもらいたいな」

なんの気なしもなく口にしたその言葉が新たな動きをもたらすことになるなんて、もちろんこの時のサフィリナは気づいていなかった。


ピクニック以降、急にカイロスの姿を見なくなった。

「カイにいさま、また、たびにでた？」

ラミリアスの工房で、ルビーノとボードゲームを楽しみながらたずねたら、ラミリアスは首を横に振った。

「個展を開くことにしたそうですよ」

「……え？」

綺麗にルビーノとサフィリナの声が揃う。

「サフィの言葉が、カイを動かしたみたいで、今はそちらの準備で忙しいんですよ」

「……むぅ」

それを聞いたサフィリナは唸った。嫌な思い出が蘇る。

そういえば、以前、ラミリアスは魔道具の解析に夢中になりすぎて、倒れたことがあったではないか。

「カイにいさま、ごはんたべた？」

「食べている、とは思いますが……」

自分が倒れた時のことを思い出したのだろう。ラミリアスの目が泳ぐ。

思うだけではだめだ。きちんと確認しなくては。

少なくとも、カイロスは旅に出たのだとサフィリナが誤解するほど、何日もカイロスの姿を見かけていない。

「そうだね、食事は一緒に食べないと。ラミ兄上もそう思うだろ？」

「頭から抜けていました。そこは反省しないといけませんね」

カイロスはどこに行ったのだろうと思っていたら、今日は朝から美術館に出かけているらしい。美術館の中の一室に、カイロスの作品を展示する予定で準備を進めているそうだ。

もし、彼が暴走してしまったとしたら、美術館の職員達では彼を止められないだろう。

「カイにいさまに、ごはんもっていきたい！」

右腕を高く突き上げたサフィリナの提案で、カイロスに差し入れを持っていくことになった。

さっそく厨房でサンドイッチ等を用意してもらう。それから、子供だけで外には出られないので、付き添いも頼む。

「……それで俺に声がかかったわけか」

外出の支度を整えたフェリオドールは、片腕でサフィリナを抱き上げた。

「アズにいさまは、きょうはいそがしかったの」

アズライトにも声をかけようと思ったのだが、今日の彼は朝から公務で出かけていた。

フェリオドールの仕事はあと回しにしても調整が効くという話だったので、彼に一緒に来てもらうことにしたのである。

「でも、たしかに正しい判断かもな。子供達だけで出かけるのは危ない。偉いぞ」

「誰がサフィと手を繋ぐ？　僕が繋ぎたいな！」

「それは、俺もですよ！」

恒例の誰がサフィリナと手を繋ぐかの争いが繰り広げられ、最終的に勝利を収めたのはフェリオドールだった。

ちぇ、とルビーノは舌打ちし、そんなルビーノをラミリアスは宥める。

これから行く美術館は、亡くなった先代皇帝が最後の住まいとした屋敷を改築したものだという。その中の一室が、カイロスの絵を飾る場所になるそうだ。

「ずっとカイにいさまのえをかざるの？」

「いいえ。カイロスの絵画を大々的に飾るのは、今回だけですね。カイロスは、他に画廊を作る計画も立てているみたいです」

カイロスが見つけた芸術家の作品を新たに作る画廊に展示し、気になった商人と芸術家が交渉できるようにする計画を立てているそうだ。

支援がなければ若い芸術家が身を立てるのは難しい。全員、皇族が支援するわけにもいかないし。

「僕も、早く兄上達みたいになりたいな」

馬車を降りながら、ルビーノがそっとつぶやいた。彼からすれば、ラミリアスやカイロスも眩しく見えるのだろう。

「ルビにいさまは、ルビにいさま、でしょ？　サフィはルビにいさまがすきよ」

フェリオドールの手から逃れ、ルビーノの手をきゅっと握る。その様子にルビーノはほっとしたように息を吐き出した。

と、扉がバンッと開かれる。勢いよく扉を開いて飛び出してきたのはカイロスだった。

「カイロス、どうしました？」

と、ラミリアスが声をかける。ラミリアスの顔を見たカイロスの肩から、明らかに力が抜けた。

「絵を……盗まれそうに……なって……」

「俺の魔道具は？　使っていましたよね？」

ラミリアスの問いには、こくんとうなずく。側で話を聞いていたサフィリナは青ざめた。

カイロスの絵をもっとたくさんの人に見てもらいたいと言ったのはサフィリナだ。まさか、絵を盗もうとする人が現れるなんて、考えてもいなかった。

「絵は……無事……犯人は……逃げられた」

犯人を捕らえることに成功していたら、なんの目的で絵を盗もうとしたのか聞き出すことができたのに。

「……俺の魔道具を使っていても盗まれそうになるなんて……これは、大ごとですよ。すぐにアズ兄上に相談しないと！」

「カイにいさま、ごはんたべた？」

ラミリアスが拳を握りしめる横で、サフィリナは通常運転をしようと心掛ける。

どうしようという思いはもちろんあるし、余計なことを言わなければよかったとも後悔している。けれど、ここでサフィリナが慌てたってしかたない。

まずは、ご飯を食べて、温かいお茶を飲んで。話はそれからだ。

「ちゃんと食べないと力が出ないからね！　そうだ、あっちのテーブルに用意しよう」

ルビーノはさっさと傍らのテーブルの上を片づけた。そこに、バスケットの中身を広げる。

ここに食器はないから、食器もバスケットにちゃんと入れてある。

「……ありがと」

「ほら、食べて。サフィが選んだサンドイッチだよ！」

ルビーノが示したバスケットには、いろいろな種類のサンドイッチを詰めてきた。どの具を挟むのか、サフィリナが厨房の料理人と相談して決めた。

サンドイッチの具は、たっぷりのローストビーフと野菜、ハムとチーズ。

それからホウレン草のキッシュと、食後にはオレンジなどの果物とクッキー。飲み物は、ミントの入ったハーブティー。口内をさっぱりとさせてくれるはず。

サフィリナもちゃっかりテーブルに座っている。隣に座ったルビーノが、せっせと口に食べ物を運んでくれる。

「クッキー、食べるだろ」

「あい、にいさま」

大きく口を開けると、ルビーノがそこにクッキーを入れてくれる。

皇宮の料理人はいい腕をしている。クッキーもバターの香りが豊潤でサクサクでとても美味しい。

『ユニカにも！　ユニカにもよこすのですよ！』

「ユニカも、あーん」

ぱかっと開かれたユニカの嘴に、ルビーノはクッキーを挟んでやる。

『美味しい！でございますよ！』

ユニカは興奮して翼をバタバタさせた。

「カイロス、こっちが落ち着いたら早めに一度戻れるか？　警備体制の見直しをした方がいい。父上と兄上にも相談しよう」

「……わかった」

フェリオドールの言葉に、カイロスはうなずく。

「俺は、ここに残りますね。カイの手伝いをします」

「わかった。それなら、アズ兄上と父上には、俺から話をしておくよ」

ラミリアスが残って、カイロスが作業に夢中にならないよう監督することになった。ラミリアスがいれば、カイロスも食事の時間を忘れることはないだろう。

夕食後、普段は一家が団欒している家族の居間で緊急会議が開かれることになった。ラミリアスのおかげで、作業を早めに終えて戻ってきたカイロスも参加だ。

「わかった。巡回を増やそう。カイロスの絵が盗まれては困る」

「父上、それだけではいけません。俺が作った魔道具による警戒網をくぐり抜けてくるんですから。今回は盗む前に見つけられましたが、次はそうもいかないでしょう」

巡回を増やすと提案した父に、ラミリアスが首を横に振る。

カイロスの絵は、もちろん高く評価されている。だが、それだけではないというのは父が教えてくれた。

カイロスが絵を家族以外に譲ることはほとんどない。それもあって、皇子の直筆による絵を隠し持つことに優越感を覚える者がいるらしい。

以前にも絵の才能を持った皇族がいた時に、同じように絵を求める者がいたそうだ。

「魔道具の改良も必要ということかな。ラミリアス、それは君に任せていいんだよね？」

アズライトの問いに、ラミリアスはうなずく。ラミリアスの師匠には、父から正式に依頼を出すことになった。

「魔道具の改良は直ぐにはできないだろうから、俺も巡回に行こうか」

と、フェリオドールが手を上げる。彼が巡回に加われば、騎士達の気合も入ろうというものだ。

「僕は、ラミ兄上の手伝いをしようかな。助手も必要でしょ？」

というルビーノの提案を、ラミリアスは嬉しそうに受け入れた。

「サフィは、サフィはええと……」

一応会議には参加してみたが、よく考えたらサフィリナにできることなんてたいしてなかった。差し入れに行くのも、サフィリナひとりでは無理だし。

『それなら、ユニカが精霊による見張りを追加するのはどうでしょう？　主様が命令してくだされば、ユニカが配下の精霊を送り込みますとも』

と、ユニカが思いがけない提案をしてきた。サフィリナは目をぱちぱちとさせた。

たしかに、ユニカはサフィリナの守護精霊だといった。

先日、サフィリナの周囲をたくさんの精霊が飛び交ったのがその証であるわけだけれど、本当にいいのだろうか。

「ユニカ、無理してない……？」

心配になって、こわごわと問いかける。無理をするどころか、ユニカは大喜びで翼をバタバタとさせた。

『問題ございません！　精霊に頼むのは、見張りだけですからね！　精霊達が捕らえるところまでやるとなると厳しいのですが！』

ユニカの主であるサフィリナがまだ成長していないため、精霊達にできることはそう多くないらしい。今の段階でこれならば、成長したらどうなってしまうのだろう。

「では、私は魔道具を改良するための資材の調達を引き受けます。時間が取れたら、巡回にも加わりたいのですが、お許し願えますか？」

アズライトの申し出を、父は反対することなく許可を出す。

「皆、それぞれにできることを見つけたのね。では、力を合わせて頑張りましょう」

子供達の会話を黙って聞いていた母が、おっとりとした口調で口を開いた。両親の許可が取れているなら、問題なさそうだ。

「じゃー、みんなでがんばろー！　サフィは、みんなのおうえんする！」

サフィリナが右手を突き上げると、兄達も一緒に手を上げる。なんだかこういうのは悪くないな、と胸が熱くなるのを実感した。

＊＊＊

幼い頃から、一か所にじっとしているのが苦手だった。

カイロスの目は、いつもこの世界とは少し違うところを見つめていた。

この世の中には美しいものがたくさんある。その美しいものを、カイロスの手でこの世にとどめられたなら。その願いを殺すことができない。

手を動かす喜びの前では、家族との繋がりもどこか希薄だったような気がする。もちろん愛しているし、大切に思っているけれど。

『カイロス、外に出るのは不安だわ。あなたはまだ十二歳。ひとりで外に出るのは、やめられない？』

母にそう言われたのは、十二歳の誕生日を迎えた直後。

護衛の騎士をまいて、ひとりで街中に出たのを見咎められた時のことだった。

描きたいものはたくさんある。彫刻として、とどめておきたいものも。粘土細工にするのも悪くない。

この世の美しさを、どんな形であれこの世界にとどめようとする欲求は、どうしてもおさまらなかった。

皇子らしくないふるまいだと言われても、ふらりと皇宮を抜け出すのはやめられない。

その場で新たな作品を作ったり、戻ってから作品を増やしたり。常に自分の創作に向き合うのは、孤独な作業でありながら楽しくもあった。

『カイロスは、下手に縛らない方がいいのかもしれないな』

と、父が言い出したのは、十三歳の誕生日を迎える直前のこと。その頃には、双子のラミリアスは、魔道具作りの天才といわれるようになっていた。いつも一番近いところにいた片割れは、先に自分の道を見つけて歩き始めている。カイロスに焦りはなかった。そんなものかと思っただけ。

末のサフィリナが生まれたのは知っていたが、興味はなかった。小さくてふにゃふにゃして、何かあると泣きわめくしかできない生き物。

意思の疎通がはかれない生き物は怖かったし、うかつに触れるのは怖いとも思った。サフィリナの方も、カイロスの存在を気にもしていないだろう。

それから、時々は皇宮に戻りながらも、気ままに題材を求めてさまよう生活が始まった。どの景色も、カイロスの目には美しいものに見えていた。この美しさを、少しでも表現できたなら。

鉛筆を、ペンを、筆を手に、手を動かす。自分がこうして気ままにふるまえるのも、家族の協力があってのこととちゃんと理解している。

そして、ふらりと戻った皇宮。そこで、カイロスは思いがけないものを見た。

『カイにいさま、おかえりなさい！』

しばらくまともに顔を合わせていない間に、サフィリナは言葉が通じるようになっていた。

おまけに、側には見知らぬ精霊だという存在。

面白い。家族が皆、サフィリナを大切にしているのを見ながら思う。こんな面白い存在、側で観察してみたい。

兄弟でさえも、双子のラミリアス以外はどうでもよかったのに。

「カイにいさまのえ、もっといっぱいのひとにみてもらいたいな」

その発言が、カイロスの気持ちを変えた。それまでは、絵を家族以外の人に見せたり、譲ったりするつもりはなかったのに。

精霊に愛された妹は、きっと特別な存在に違いない。カイロスの人生に光を当てて、新たな道を示してくれたのはサフィリナだ。

そして、亡き祖父の屋敷を改造して作られている美術館に、カイロスの絵を求めてやってきた泥棒がいた。警備のおかげで、作品は盗まれずに逃げ出したけれど。

「カイにいさま、どろぼう、つかまった？」

「……まだ」

サフィリナが、真っすぐにこちらを見上げてくる。

それを見ていたら、どうしようもなく胸が切なくなるのを覚えた。そうだ。サフィリナのためにも、今回の展示は成功させなければならないのだ。

『カイロス、ちょっとユニカの話を聞くのですよ！』

全体の配置を確認していたら、窓から飛び込んできたのはサフィリナの守護精霊である。

サフィリナの守護精霊であるユニカは、『主様のために』と言いながらも、皇帝一家に何かと力を貸してくれるのだ。

『ユニカの精霊達から伝言です。怪しい者が、この美術館をこそこそ調べているのですよ。お前のやるべきことはわかっていますね？』

カイロスの美術品が狙われていると知って以来、家族はカイロスに力を貸してくれた。彼らの期待に応えたい。

（……今夜は、ここに泊まり込みだな）

心の中は雄弁なのに、いざ語ろうとすると言葉が出てこない。けれど、サフィリナと一緒なら、少しだけ言葉を見つけやすくなる気がする。

巡回を増やし、魔道具による警戒網を強化。それでもやってくる相手がいるのなら、とらえなければならない。

そして、それは夜中に起きた。

一室に設けた仮眠室。そこで休んでいたカイロスは、外から大きな物音が響いてきて、一気に目が覚めて飛び上がった。

（……あれは）

ラミリアスが仕掛けたベルの音。

すべての展示品に許可を得ていない者が触れた場合、大きな音を出す魔道具を取りつけていた。その魔道具が、こうも早く役に立つとは。

フェリオドールが警護に当たっていたはずだが、見逃してしまったのだろうか。

（ううん、違うな）

口元にひらめくのは、確信の微笑み。

きっと、フェリオドールは相手を見落としたわけではないのだろう。相手が罪を犯すのを待っていた。

仮眠室から飛び出し、音の聞こえてくる方に向かう。扉を開いたところで、立ち止まった。

「さーて、裏に誰がいるのかキリキリ吐いてもらうぞ！　まさか、お前が絵を欲しがったわけじゃないだろ？」

夜の闇にまぎれるためだろう。黒く目立たない服装に身を包んだ男。その男を取り押さえ、楽しそうなフェリオドール。

「おう、カイ。起こしてしまったか？」

「……警戒……してた」

「そか。じゃあ、尋問は任せとけ。俺、意外とこういうの得意なんだぜ？」

にやりとしたフェリオドールの下で、男がくぐもった声をあげる。

（……フェリ兄上に任せておけば、大丈夫だ）

意外とこういうのが得意とは、どういう意味かはわからない。けれど、フェリオドールに任せておけば問題ない。

様々なトラブルはあったものの、無事にカイロスの個展が開幕されることになった。今まで、自分の描いたものをこれだけたくさんの人に見てもらう機会なんてなかった。

（……変な気がする）

カイロスの作品を盗もうとした者については、現在厳重に取り調べが行われているそうだ。

フェリオドールだけではなく、ラミリアスもウキウキしながら地下牢に行くのを見たから、彼も力を貸しているのだろう。自白を促す魔道具だったり、話した内容の真偽の確認をしたりする魔道具の実験も兼ねているようだ。

「カイにいさま、すてき！」

水色のドレスを来たサフィリナが、手を差し出してくる。手を繋ごうの合図であるのを、カイロスももうわかっている。

こうして、妹と手を繋ぐ日が来るとは思ってもいなかった。ルビーノが幼かった頃はどうだろうか。

（……なかったかもしれないな）

あの頃は、カイロスもまだ幼かった。

ルビーノの相手をするより、ラミリアスと走り回っている方が楽しかったような。もしかして、ルビーノに寂しい思いをさせてしまっていたのだろうか。

――なんて、今考えてもしかたがないけれど。

「サフィの……おかげ」

どうして、自分の舌はこんなにも回らないのだろう。人と関わるより、芸術に向き合うのを優先してきたツケだろうか。

なのに、サフィリナはピカピカの笑みをカイロスに向けてくれる。

「だって、にいさまのえはすてき！　たくさんのひとにみてもらわなくちゃ」

だけど、と秘密めかした顔で、サフィリナは続けた。

「ちょーこくはよくわからないの」

彫刻には、建国の神話をモチーフとした題材を選ぶことが多い。サフィリナにはたしかにまだ難しいだろう。

「それなら……今度はユニカ……」

「ほんと？　ユニカつくってくれる？」

サフィリナの目が大きく丸くなって、きらきらとするのを間近に見た。これがあるから、サフィリナのことをますます愛おしく思ってしまうのだろう。

「……約束」

「やくそく、カイにいさま」

小さな小指が差し出される。それに自分の小指を絡めたら、上下にぶんぶんと勢いよく振られた。

「うそついたら、はりせんぼんのます！」

嘘なんてつかないけれど、針を千本飲むのはなかなか大変ではないだろうか。

どこで覚えた言葉なのかな、と思っている間に、指を離したサフィリナは、とことこと両親の方に走っていってしまう。

あっという間にカイロスの周囲は、今日の招待客に囲まれてしまい、サフィリナと話す時間は失われた。

けれど、サフィリナをすぐに追いかけようとは思わない。

（僕は、僕のやるべきことをやるだけ）

皇子として恥ずかしくないふるまいをしよう。そう思ったのは、初めてのことかもしれなかった。

＊＊＊

今まで、あまり世間には出てこなかったカイロスの作品をたくさんの人に見てもらえた。評判も上々だったと聞いている。サフィリナとしても大満足である。

家族の居間でくつろいでいる今も、あの時の光景を思い出すとにやにやしてしまう。

（……家族の絵が一番好きかな）

（カイロスも、主様の愛らしさには筆が止まらないのでしょう）

会場内で目立っていたのは、家族を描いた作品達。

以前描いていたのは、風景画ばかりだ。それから、彫刻は神話を題材に選ぶことが多かったらしい。

カイロスがどれだけ真剣に向き合ってきたのか、その作品の数を見るだけで伝わってくるようだ。

居間に集まっている家族達は皆、思い思いの場所に座って好きなように過ごしている。同じ部屋にいても、別々のことをしている。けれど、心は繋がっている。悪くない。

「カイロスに絵を譲ってもらいたいという依頼があった」

「……まあ。でも、あの子の気が向かないのなら渡す必要はないと思うのよ」

ふと気がつけば、両親がそんな会話をしていた。両国の友好の証としてカイロスの絵を譲ってほしいという依頼があったのだそうだ。

近々嫁ぐ王女の新居に飾りたいということらしい。

「……そうだな、カイロスに任せることにしようか」

父は、カイロスの意思に任せるようだ。

（……カイ兄様はどうするのかな）

その点について、サフィリナから何か言えることはない。絵を譲るも譲らないもカイロス次第。彼がやりたいようにやればいい。

なんて考えていたら、カイロスがいないのに気がついた。たぶん、アトリエだろう。

「ラミにいさま、サフィ、カイにいさまのとこにいく。いっしょにいく？」

「わかりました。ちょっと待ってくださいね」

何やら魔道具の資料らしきものを見ているラミリアスをつつく。彼は、サフィリナの呼びかけに応えて立ち上がった。

「僕も行く」

「じゃあ、俺も」

「私も……行こうかな」

ルビーノが手を上げたかと思えば、フェリオドールも同調する。それどころかアズライトまで立ち上がってしまった。

結局、皆でアトリエに行くのか。仲がいいのは大変よろしい。

アトリエまでの道中、サフィリナはアズライトと手を繋いだり、フェリオドールにじゃれついてみたり。

ラミリアスと手を繋いだあとは、ルビーノと並んでブンブンッと大きく手を振って歩いてみる。

元気よくアトリエに飛び込んだところで、目を見張った。

「カイ……何をしているんです？」

「絵を……欲しいって言うから……」

カイロスがアトリエにずらりと並べていたのは、ここ最近彼が描いていた絵だった。

いずれも素晴らしい出来だ――サフィリナには芸術の良し悪しはさっぱりわからないが、どの絵も好きだ。

「いいのか？　今まで一度も人に絵を譲ったことはなかったのに……ああ、その百合の絵は素敵だね」

ずらりと並んでいる絵を見て、アズライトは一幅の絵を選び出す。

「今まで、誰にもやらなかったろ？　なんか、欲しがってるやつがいるって話は俺も聞いてるけど。あ、俺はそれが好きだな」

フェリオドールは、湖とそこにかかる虹の絵が気に入っているらしい。

「かまわない……その、役に立つなら」

不意にきっぱりとカイロスが言う。その口調に、全員、何も言えなくなってしまった。

たしかにカイロスの絵は、今まで誰にも譲られたことはなかった。それは、彼がそうしたいと願っていたからである。

「僕の絵が……喜ばれるなら」

「それなら、俺も賛成ですよ。カイの絵は、もっと多くの人に見てもらった方がいいと思っていたんです」

カイロスを見るラミリアスの目に、微笑ましい色が浮かぶ。

けれど、今まで他人に興味のなかったカイロスが、絵を譲ってもいいと言い出したのは驚きである。

「サフィ、これすき！」

両親の話を側で聞いていたから、サフィリナは知っている。

今回、絵を譲ってもらえないかと依頼してきた国は、王女の新居に絵を飾りたいと願っている。それならば、風景画の中でも、明るい雰囲気のものがいいのではないだろうか。

少なくとも、嵐の海を描いた光景はふさわしくはなさそうだ。

「……これは、どこの絵ですか？」

「花を……育てている……農家で……」

サフィリナが指さした絵は、ピンクの花が咲き誇る光景だった。花農家の畑で描いたということだろうか。

明るい色合いは、結婚したばかりの家庭の壁を明るく彩ってくれるのではないだろうか。

「サフィ、これもすき！」

次に指さしたのは、夏の海を描いた絵。青い海、青い空、そして白い雲。カモメと思われる鳥が、画面の右上を飛んでいる。この絵の美しさも捨てがたい。

「あとこれも！」

実りの大地。金色に実った穂が重そうに頭を垂れ、落穂を雀がつついている。新婚家庭の壁に飾るには少し地味かもしれないけれど、豊かな実りを祈る意味ではきっと悪くない。

「これもすき！」

最後に指さしたのは、真っ白な雪原と池光景。画面の右奥には凍った滝も描かれていて、画面全体が静かながらも輝いているように見える。

（よしよし、これで季節が揃ったぞ）

なんて、サフィリナが考えていることをカイロスもラミリアスもきっと気づいていない。

家族の居間に、絵を描くカイロスとその横で絵具を選んでいるサフィリナの絵が増えたのは
それからひと月後のこと。

カイロスが自分自身を描いたのは初めてのことだった。

第七章　婚約式は幸せと共に

「え、アズにいさま……おひろめするの？」

ルビーノと部屋でお絵描きをしていたら、不意にそんなことを聞かされた。サフィリナは目を丸くしてしまう。

新しいクレヨンを、カイロスがプレゼントしてくれたのだ。描き心地がよくて、ご機嫌である。

（いや、おかしくはないのか……）

アズライトは何人かの令嬢と見合いをしたが、継続して会っていたのはローズマリーだけ。双方異論はなく、正式に婚約する運びになったそうだ。

そういえば先日、ローズマリーとアズライトが並んでバイオリンを演奏しているのを聞かせてもらった。

アズライトは練習不足だったそうだけれど、ふたり並んで演奏する光景は幸せそうに見えていた。

考え込んでしまったサフィリナに、新しいクレヨンを渡しながらルビーノは首を傾げた。

「僕、何か変なこと言った？」

「んーん、いってないよ！　アズにいさま、いつけっこんする？」

「どうだろうなー、これからお披露目するでしょ。それから、結婚式の準備が一年か二年かかるから、ちょっと先だよね」

結婚式の準備をするだけでそんなにかかるのか。

びっくりしてしまったけれど、結婚式の準備にそれだけの時間がかかるというより、皇太子妃になる女性に皇帝一族にとって必要なあれこれを学んでもらう時間が必要ということらしい。

いくら大貴族の令嬢を選んだところで、皇帝一族と家臣の間には、決定的な違いがあるそうだ。

もっと早く選べばよかったのに、と心の中でつぶやいたつもりだったけれど、言葉にしてしまっていたみたいだ。

「あまりにも若いうちから皇太子妃教育をしてしまうと、女性の方がつぶれてしまうこともあるんだよ――もっとも、候補者となる令嬢達には幼い頃からそれなりに教育はされているはずだけれどね。ローズマリーもそうだよ」

「アズにいさま！」

いつの間にアズライトが部屋に入ってきたのか、まったく気づいていなかった。

（……なるほど、順調らしい）

最後にサフィリナがふたりの『逢瀬』にまぎれ込ませてもらった時には、アズライトはローズマリーのことを『ローズマリー嬢』と呼んでいたはず。

呼び捨てにしてもいいところまで関係が進んでいるのなら何よりである。

アズライトは、部屋中に転がっているクレヨンを見て肩をすくめる。

「ふたりとも、芸術の才能を開花させるのはいいけれど、クレヨンを散らかしすぎではないかな?」

「あー」

ルビーノは頭に手をやり、サフィリナは視線を巡らせて目をぱちぱちとさせた。

おかしい。きちんと箱にしまったつもりだったのに、なぜ、あんな部屋の端まで転がっているのだろう。

「とってくる」

立ち上がり、転がってしまったクレヨンの方へとてとてと向かう。拾って戻ってきたら、ルビーノも集めたクレヨンを綺麗に箱に並べているところだった。

「アズ兄上は、今日は仕事終わりなの?」

「一時間だけ、休憩時間になったんだ。君達が何をしているのか気になって、ここで休むことにしたんだよ」

分刻みで動き回っているアズライトに、一時間も休憩時間があるのは珍しい。

「アズにいさま、おちゃしましょ、おちゃ!」

「うん、あったかいのがいいね。用意してくれる？」

サフィリナがアズライトに誘いをかければ、その流れに乗ってルビーノが側にいた侍女にお茶の用意を頼む。

「……ふたりの顔を見るとほっとするね」

ぺったりと両脇にくっついてソファに座った弟妹の頭を両手で撫でながら、アズライトはほうとため息をついた。

やはり、アニマルセラピーみたいな扱いをされている。

この扱いも、続くとしてあと数年だろうし、おとなしく撫でさせておこう。

「ラミ兄上とカイ兄上はどうしているんだろう」

「彼らは彼らで、何か面白い発明をしようとしているみたいだね」

ぴったりくっついているルビーノの問いに、アズライトは間髪入れずに返してくる。

（ふたりで、面白い発明、かぁ……）

ラミリアスは魔道具開発に夢中だし、カイロスは芸術全般に夢中。双子だから息がぴったり合っているし、彼らが揃えば何か面白いことができるかもしれない。

侍女が用意してくれた温かいハーブティーで一息入れたアズライトは、次の仕事へと颯爽と立ち去った。

残されたふたりとユニカは顔を見合わせる。

もう一度絵の道具を広げてもいいけれど、双子が何をやっているのか気になってしかたない。顔を見合わせただけで、互いの気持ちが通じてしまう。

「よし、行ってみよう！」

「おー！」

ルビーノが右手を突き上げ、サフィリナもそれに同意した。

アトリエと工房どちらにいるのかと思いながらアトリエを覗いてみたら、そこでふたりが顔を突き合わせていた。

「絵と物語を合わせる？　難しくないですか、それ」

「できる……と思う……ラミが、協力してくれたら」

アトリエに入ったとたん気づいたのは、カイロスのしゃべり方がずいぶん滑らかになっていること。自信なさそうに声音が時々揺れるけれど、その頻度が以前よりもずっと少なくなったような。

「うーん……以前、ユニカがそんなことを話していた記憶もあるのですが」

「ラミにいさま、ユニカはここ」

サフィリナとルビーノがアトリエに入ってきたのに、ふたりとも今気づいたようだ。びっくりした顔がこちらに向けられる。

『ふふん、ユニカに聞きたいことがあるのですか？　お前達は優秀ですからね！　ユニカも教えがいがありますよ』

いつものごとく、ユニカは偉そうだ。実際、ユニカの持つ知識は、兄達にとってはとても貴重なものらしい。

「ルビーノもサフィも来たんですね」

「ふたりにも……力を借りる……？」

ぱっと表情を明るくしたラミリアスに、カイロスもうなずく。

サフィリナは、ふたりの前に座り込んだ。手招きして、ルビーノもそこに座らせる。

双子の説明を聞いたユニカは、ふわっと身体を膨らませた。

『ただ、絵を動かそうと思うから難しいのではないかとユニカは思うのですよ！　それならば彫刻を動かす方が楽でしょう！』

彫刻にいくつかの可動部をもうけ、魔力で動くようにすればそれは動く彫刻となる。

だが、それでは子供のおもちゃを動かすのと大した違いはない。関節部分を稼働できるようにした人形などがもう出回っているのだから。

『一枚の絵を、動かそうとするから難しいのですよ。残像を利用するのです！』

前世でいうところのアニメは、少しずつ変化させたたくさんの静止画を用意し、それを素早く動かすことで、絵が動いているように目に錯覚させていた。

パラパラ漫画も同じ原理だったはず。

「……わからない」

「むぅ」

カイロスが頭を抱えてしまった。サフィリナは抱えてきたスケッチブックを素早く広げた。まだ、上から二枚しか使っていない。

「にいさまたち、みてて」

下のページから順番に少しずつずらした絵を描いていく。

といっても、赤い丸を少しずつ位置をずらして描いただけ。途中で青い丸に入れ替え、同じように位置をずらして描く。

「みてみて、サフィがかいたうごくえ」

スケッチブックの紙は少し厚いけれど、それでもなんとかパラパラ漫画のようには見せられた気がする。

「すごい！　絵が動いてる！」

真っ先に感嘆の声をあげたのはルビーノだった。頭で難しく考えることはせず、素直に驚いている。

「……これは、どういう原理でしょう？」

『だから、目に錯覚させているのですよ！　残像です！　いいから、お前は黙ってユニカの話を聞くのですよ』

ラミリアスも頭を抱えてしまい、ユニカは改めてラミリアスに説明を始める。

サフィリナのスケッチブックを嘴で引き寄せてラミリアスの前に差し出しているのだから本気も本気だ。

「動いたけど……たくさん描かないといけない」

実際動かすとなるとたくさんの絵を描かなければいけないことに真っ先に気づいたカイロス。

（……カイ兄様には負担になってしまうかな）

パラパラ漫画程度のものならすぐにできるだろうが、ふたりがやろうとしているのはもっと大掛かりなものだろう。

「絵を複写する魔道具ならありますよね」

「水彩画なら行ける……？」

コピー機なんてないと思っていたけれど、この世界には絵をコピーする魔道具もあったのか。ならば、それを利用すれば、もう少し楽になるだろうか。

「魔道具の助けを借りれば、そんなに時間をかけずにいけるかもしれませんよ」

「……やってみる？」

カイロスとラミリアスは、それぞれ別の方向を向いた。

ラミリアスは本棚に走ったかと思えば、山のように本を取り出している。たぶん、魔道具に関する資料だ。

カイロスは新たなスケッチブックを引っ張り出し、そこに何やら大量に線を描き始めた。ふたりとも自分の作業に集中していて、もうこちらは見ていない。

「サフィ、僕達はもう行こう。邪魔をしちゃいけない」

「あい、ルビにいさま」

これ以上ここにいても、ふたりの邪魔にしかならないだろう。そう判断したサフィリナは、おとなしくルビーノについて部屋を出た。

ふたりの協力が、どんな新しい魔道具を作り出すのか、楽しみにしながら。


双子が協力して魔道具を作り始めてから数日後のこと。

今日は、フェリオドールがサフィリナの相手をしてくれている。ふたりで散歩だ。

ラミリアスとカイロスは新しい魔道具の開発、ルビーノは家庭教師との授業があるためここにはいない。

「なんか、ピリピリ、してる」

宮中の空気が、いつもとは違って、ピリピリしているような気がする。だからなんだと言われてしまうと、それまでであるけれど。

「いつも以上に警戒が厳しいからな。そこは諦めてくれ」

「……フェリにいさまも、おみあい、する？」

「兄上が結婚して、後継者が生まれたら考える」

「そこまでまつ？」

「火種は作りたくないだろ」

フェリオドールはあっさりそう言ったけれど、年齢の近いアズライトとフェリオドールを仲たがいさせようとするような動きもあるらしい。

なんでそんな余計な真似をするのかと思っていたら、フェリオドールならば自分の意のままにできると考える愚かな貴族もいるそうだ。

「俺の方に先に子ができると厄介だしなー、ていうか、まだ本気で考えられないというのもあるんだけど」

と、フェリオドールは苦笑いする。

たしかに、フェリオドールはまだ十九歳。前世ならば、結婚なんてまだ考えられない人が圧倒的に多い年齢だ。

サフィリナの感覚も前世に近いので、ここは全力でフェリオドールの意見に首を振っておきたい。

「だから、フェリにいさま、ていさつしてる？」

「偵察ってほどじゃないんだけどさ。妙な気配があったらわかるかと思って。サフィが一緒なら、油断してぼろを出しそうな気もするしな」

はたから見れば、フェリオドールがサフィリナを散歩させているだけのようだ。

遠くにアズライトとローズマリーがお茶会をしている光景が見えるのは偶然の一致というやつである。

「サフィ、おやくにたつ」

「そこまで考えなくてもいいんだぞ。サフィは、そこにいるだけで偉いんだからな？」

ぐしぐしとサフィリナの頭をかき回すフェリオドール。

イレッタがせっかく結ってくれた髪が崩れてしまうので、ほどほどにしてほしい。

「ローズマリー嬢を陥れようとする動きもあるかもしれないしな。こうして、俺が見回るのも大事」

なんて、さらりと言っているけれど、ローズマリー嬢を陥れようとする動きがあるかもってけっこう大ごとのような。

（ローズマリーなら悪くない相手なのですがねぇ）

悪くないって、ユニカは上から謎目線である。

ユニカがサフィリナ以外の人に対して、どこか上から目線なのはいつものことだけれど、本当はあまりよくないのではないだろうか。なんて、今さらか。

「……ローズマリー嬢の方には問題ないと思うんだけどな」

「なら、なにがもんだい？」

フェリオドールは、ローズマリーについてはまったく警戒していないらしい。彼の中では、他にももっと警戒しなければならない相手がいるようだ。

「いや、問題なんてないさ。それより、サフィ」

「あい、フェリにいさま」

「今日のおやつはなんだと思う？」

「おやつ！」

そうだ、今日はアズライトとローズマリーのデートを警護するというのでおやつのことがすっかり頭から飛んでしまっていた。

「今日は、プリンだって厨房の料理長が言ってたぞ」

「プリン！」

その言葉だけでご機嫌になってしまう。

前世ではそこまで好きなお菓子ではなかったけれど、サフィリナになってからはプリンが大好物になった。冷たくて甘くて柔らかくて。喉をするっと滑り落ちていく食感もいい。

「プリン、たのしみ……フェリにいさまもプリンすき？」

「嫌いじゃないけど、物足りないんだよなあ」

と笑うフェリオドールは、シグルドに相手をしてもらって身体を動かすことが多い。たしかに、彼からしたらプリンだけでは物足りないはず。

もっとも、使用人達もそのあたりのことは十分心得ているから問題ない。

フェリオドールにはハムやチーズなどを挟んだサンドイッチも用意されるだろうから。

「にいさま、にいさま、プリンたべにいこう」

「おやつの時間まで、だいぶあるんじゃないか？」

フェリオドールは笑うけれど、そんなのどうだっていいのだ。プリンはいつだって、心を穏やかにしてくれるのだから。

『婚約式ももうすぐでございますねぇ』

「そうだな。正式にお披露目したら、少し落ち着くと思うんだけどな」

婚約が正式に決まったら、精霊神殿で精霊王に感謝の祈りを捧げ、国民に顔見せのパレード。

それが終わったら、皇宮で祝いの宴が開かれるそうだ。サフィリナは、まだ、儀式には耐えられないだろうということで、イレッタと留守番である。

「サフィはちっちゃいから、ぎしきのあいだおとなしくしていられない」

『主様は、きちんとできますのに』

ユニカは少々不満そうだが、余計なことはしない方がいいのだ。

サフィリナはまだ三歳。本来ならば、儀式の最中、大声で騒いでしまってもしかたのないところ。

実際、儀式に参加できるのは十歳以上と決められているそうだ。いくらサフィリナに前世の知識があり、いい子にしていられるからといって例外にはならないらしい。

「そのかわり、パーティーにはちょっとだけ、でる」

「可愛くしてもらおうな」

「あいっ！」

サフィリナが元気になったお披露目も兼ねて、アズライトとローズマリーの婚約披露のパーティーには少しだけ出てもいいことになっている。

母とイレッタが、張りきってドレスを用意しているところだ。

『でしたら、ユニカも警戒を強化しておきましょう』

儀式には参加できないけれど、宴の前に顔を見せる機会はあるそうだ。ルビーノともども挨拶だけしたら、さっさと部屋に帰るらしい。

「ちょっとつまんない。うごくえのまどうぐができたって、ラミにいさまとカイにいさまいってたのにみせてくれない」

サフィリナが知らないところで、ユニカがしばしば助言していたらしいが、動く絵の魔道具が完成したそうだ。

カイロスひとりで大量の絵を描くのは難しかったため、絵を複写する魔道具などを上手に使い、大量の静止画を用意した。

そこから、役者に頼んで声を吹き込み、皇宮の音楽家達に頼んで、音楽までつけたそうだ。

気になってしかたない。

「サフィにも、まだ見せないって珍しいな」

ラミリアスもカイロスも、新しい魔道具の開発をしたり、新しい絵を描いたりした時には、サフィリナにいつも見せてくれる。

けれど、今回はこっそりひっそり開発を進めていて、まだ、家族の誰も見せてもらっていないらしい。

（……まあ、いいけどさ）

ちょっとぐらい膨れても許してほしい。サフィリナだって、見たいものは見たいのである。

「なるべく早く見せてもらえるよう、俺からも頼もうか？」

「んーん、いい。サフィいいこだからまてる」

待てると言いながらも唇は尖っていて、不満を隠せていない。そんなサフィリナの頭を、フェリオドールは撫でてくれた。


兄達が開発した魔道具を見せてもらえないまま、婚約披露の日がやってきた。

「いってらっしゃい、シグルド。にいさまたちをよろしくおねがいする」

「かしこまりました、姫様」

イレッタに伝言があるとやってきたシグルドに、兄達のことを頼む。

サフィリナは、パレードにも参加しない。こちらも儀式同様、十歳過ぎたら参加するそうだが、人目にさらされるのを楽しめるとは思わない。十歳を過ぎたら、仕事だと思って頑張ろう。

（パレード、見たいといえば見たいんだけどさ。参加するのはちょっと違う気がするんだ）

美しく着飾ったアズライトとローズマリーが皆に祝福される様は見てみたい。

『主様、主様、ここはユニカにひとつお任せなのですよ！』

ユニカが胸を張る。それから、ユニカは、側にいた精霊に何事か囁いた。

ユニカの配下にいる精霊は皆、ユニカと同じく鳥の姿をしている。ぷくぷくと膨れた鳥達が、室内を飛び回っている様は愛らしくて楽しい。

『イレッタ、壁を借りますですよ。白い布をかけてくださいな』

「壁、でございますか……？」

ユニカが何をしようとしているのかさっぱりわからないらしいイレッタは首を傾げた。

だが、壁際に置かれていたテーブルを別の場所に移動させ、どこからか持ってきた大きな白い布を壁にかけてくれた。

『ユニカ偉い！　ユニカすごい！　主様、きっと誉めてくださいますね……！』

サフィリナの膝の上に飛び降りたユニカが、小さく呪文らしきものを唱えると、目の前の白い壁に何か映し出される。

「……えいが？」

思わずつぶやいてしまった。これはまるで映画ではないか。

目の前にあるのはスクリーンといっていいと思う。

ユニカの魔力が壁に伸びるのを、サフィリナはなんとなく理解した。サフィリナの魔力も少し混ざっているような。

「……まあ」

部屋に残っていたイレッタが声をあげた。壁に映し出されたのは、アズライトと婚約者の令嬢である。

ふたりは一台の馬車に一緒に乗り込んだ。そして、馬車は精霊神殿に向かって走り始める。

「ユニカ、これはなに？」

『精霊が見ているものを、ここの壁に映しているのです。本来は、契約者の脳内にしか映せないのですが、ユニカは天才ですからね。このぐらい簡単でございますよ！』

胸を張るだけでは足りないのか、ユニカは大きく膨れ上がった。もっこり膨れた姿は、これが精霊だなんて信じられない。

「……まあ、ご立派になられて」

イレッタは、母が父に嫁いだ時、母の実家から一緒にやってきたと聞いている。

母が嫁いだ当初は母の侍女として、それから、アズライトが生まれたあとは乳母として、それからは子供達の世話係として仕えてきた。

アズライトが婚約するほど立派に育ったのを目の当たりにして、感涙しているのだろう。サフィリナに付き添っているから、イレッタはパレードの見物を諦めたのだ。

「ありがとうございます、ユニカ様。アズライト殿下のこのようなお姿を拝見できるとは」

「ごめんね、イレッタ。サフィがおとなだったら、イレッタもパレードみれたのに」

自分に責任はないとわかっているけれど、なんだかしょんぼりしてしまう。イレッタは慌てた様子で首を振った。

「姫様、姫様のお側にいるのもとても大切なことなのです。それに、こうしてお姿を拝見できましたし……」

「ユニカ、これどうやったの」

『ユニカが送った精霊の視点で見えているものを、この壁に映しているのですよ』

「アズにいさまとローズマリーじょうのかお、みたいな。できりゅ？」

『かしこまりました！』

現在進行形なら、視点を変えられるのかと思って聞いてみたら、精霊が場所を移動すればいけるらしい。

ぐぐっと視点が近づいていく。映し出されるのは、馬車を見送る人々の姿。そして、馬車にさらに近寄ったかと思えば、アズライトの顔が見えた。

柔らかな微笑みを、隣に座ったローズマリーの方に向けている。それから再び、視点は馬車から離れた。

屋根の上が映ったかと思うと反対側の窓へ。恥ずかしそうに口角を上げたローズマリーが、小さく手を振っている。

「ああ、ふたりとも幸せそうです……」

イレッタは涙ぐんでいる。まだ精霊神殿で精霊神に祈りを捧げたわけでもないのに気が早い。

馬車は、精霊神殿に到着していた。馬車から降りたローズマリーに、アズライトが腕を差し出す。そして、ふたりは神殿の中に入っていった。

「しんでんのなか、みれない」

『そんなことございませんよ！　そこもユニカにお任せですとも！』

精霊神殿の窓から、精霊がするりと中に入り込む。天井近くから、内部を見下ろす位置に陣取った。

「はわぁ、すごいねえ」

「多数の人が集まっていますね」

イレッタとふたり、目を丸くしてしまう。

アズライトとローズマリーがどんな表情をしているのかはこの位置からは見えないけれど、神殿内すべてを見回すことができた。

たくさんの人が神殿に集まっている。もしかしたら、国中の貴族が集まっているのではないかと思うほど多数だ。数百人の人がずらりと並んでいる。

それから、婚約の儀式が開始された。

精霊神に祈りを捧げ、アズライトとローズマリーが特別な絆を結ぶことを誓う。

ふたり揃って、婚約が成立したことを示す書類にサインをすると、父がそれを恭《うやうや》しく神官に手渡した。

「……素晴らしいですわ、私は本来でしたら、儀式の様子は見られませんもの」

と、イレッタがまたハンカチを目元に当てる。

サフィリナの付き添いさえなければイレッタは神殿に行くものと思い込んでいたので、きょとんとしてしまった。

イレッタの説明によれば、こういう行事の時に神殿に入れるのは一定の身分がある者に限られているらしい。

一応貴族ではあるけれど、イレッタの身分は、神殿に入るには、少々足りないのだとか。

「警護のために中に入れる夫が羨ましかったのですよ」

「イレッタがよろこんでくれたなら、サフィもうれしい」

シグルドは、警護のために神殿内部まで付き添っているらしい。

ユニカが神殿の中に送り込んだ精霊に指示を出し、シグルドの様子も見せてくれる。生真面目な顔をしたシグルドはあちこちに油断なく視線を走らせている。

護衛の任ではあるが、今日は儀式の行われる日ということもあり、騎士服も正装だ。

「あとで、こっそり見ていたと教えてやりましょう……さて、そろそろお支度を始めなければ」

「やだ、もっとみたい」

支度をするとなると、ここから離れなくてはならない。兄の様子をまだまだ見守りたくて、つい駄々をこねてしまった。

「……ふむ」

顎に手を当てて思案の表情になったイレッタは、すぐに立ち上がって側にいた侍女に何か命じる。侍女が姿を消すと、イレッタはこちらに戻ってきた。

「今日は特別ですよ？　とってもおりこうさんに、お留守番できましたからね」

人差し指を口の前に立てているのは、内緒の合図。

サフィリナもこくこくと首を縦に振った。

本当は、寝室に戻ってそこで着替えをしなければならなかったのだ。ここで着替えをするのは、許されない。

侍女が運んできたドレスは、明るい空色だ。大きな白い襟がついていて、白いレースで飾られている。

空色よりやや濃い色のリボンが、スカートのフリルのあちこちに飾られている。髪は下ろして、大きなリボンを頭につける。

スカートの下にはフリルたっぷりのパニエを仕込み、スカートをふわふわとさせる。膝丈のスカートの裾から白いレースのパニエがちらちら見えるのも可愛らしい。

正直なところ、可愛らしすぎではないかとも思うのだけれど、今のサフィリナはとても可愛らしい容姿の持ち主なので、これでちょうどいいのだ。

「あー、そろそろぎしきおわるねえ」

「はい。皇宮に戻ったら、次はお披露目の宴ですよ」

精霊神殿での儀式は無事に終了。

最初に神殿から出てきたのは、皇帝夫妻である両親。続いて、アズライトとローズマリーが腕を組んで出てくる。

それから兄達が順番に並んで歩く。皆、華々しい正装に身を包んでいて、華やかな雰囲気だ。

兄弟の中で、ラミリアスとカイロスは髪を長くしている。普段は緩くゆったり流しっぱなしにしている髪を首の後ろできっちり一本に束ねているから、いつもとは少し印象が違う。

精霊神殿で儀式が行われている間に、馬車の覆いは外されていた。

正式に婚約したふたりが、集まった人々に手を振りながら戻ってくる。

まるで、結婚後のパレードのようだけれど、この国では皇帝一族の婚約が整った時にも、こうしてお披露目するらしい。

儀式を終えて戻ってきたところで、いったん休憩を挟んだ。

「アズにいさま、アズにいさま、とってもかっこよかったよ！」

「格好よかった……？」

「うん、ユニカがみせてくれたの！」

家族の居間にやってきたアズライトに、サフィリナは飛びついた。

ローズマリーと彼女の家族は、別に用意されている控室に行くそうだ。ドレスを着替えなければならないという理由もあるらしい。

「サフィもみたかったな」

『ユニカは頑張りましたよ、主様！』

「それはしってる。ありがとう、ユニカ。でも、なまでみたかっただけ」

ユニカの送った精霊は、映像も音声もバッチリ送り届けてくれた。兄達を祝福する人々の声も聞けた。

できることなら、サフィリナもその場にいたかった。

「俺の時には、サフィも参加できるかな」

「フェリにいさま、あとななねんけっこんしない……？」

十歳にならなければ、儀式には参加できないのだ。サフィリナが十歳になるまで待ってくれるなら参加できるけれど、そこまで結婚しなくていいのだろうか。

実際、アズライトに子供ができるまで結婚する気はないというようなことを言っていたけれど。

「……もう少し早く結婚してもらうことになるかもしれないんだがな」

「父上、俺はあと十年ぐらい結婚しなくても」

「フェリオドール？」

母の声が険しさを増したのを、サフィリナは敏感に感じ取った。

やはり、皇帝一族としてあと七年は結婚しないと決めてしまうのはまずかったらしい。フェリオドールの考えもわからなくはないし、そのあたりは親子で話し合ってもらいたい。

「俺とカイロスの時には、参加できるんじゃないですか？」

「……え？」

今、十四歳のラミリアスとカイロスが結婚する時にはサフィリナも参加できるだろうか。

もっとも、今驚いた声をあげたところからして、カイロスにとっては、結婚は現実のものとして認識されていないようだ。

「サフィのときには、みんな、きてくれる？」

首を傾げてそう問いかければ、「もちろん」と兄達の声が綺麗に揃う。

「……サフィは、お嫁にいかなくていいからな！」

「とうさま、それはどうかとおもうの」

いくらなんでも、今の時点でそう決めてしまうのは早すぎだ。以前から、ちょくちょくそんな発言はあったけれど。

「そうね……素敵な人に出会えることを考えましょう」

母がおっとりと口を挟んで、結局そこで話は終了する。サフィリナは母に寄りかかると、口元に笑みを浮かべた。

＊　＊　＊

サフィリナがくるりと回ると、スカートの裾がふわりと舞い上がった。皇妃と共に選んだサフィリナのドレスは、とても愛らしい。

「イレッタ、かわいくしてくれてありがとう」

「いいえ、姫様。私こそ……儀式の様子を見せてくださって、ありがとうございました」

皇妃が嫁いできた時に、イレッタも一緒に皇宮に入った。

アズライトには乳を与える役目を任され、そのあとの養育もイレッタが中心になって行った。

フェリオドール、ラミリアス、カイロス、ルビーノ。続く皇子達の養育も、皇妃に頼まれて引き受けてきた。

乳母として乳を与えたのはアズライトだけだけれど、どの皇子も我が子のように愛おしい――なんて、本来思ってはいけないのかもしれない。イレッタはあくまでも乳母なのだから。

だが、それ以上に愛おしいと思うのは、サフィリナだ。

皇妃の年齢も年齢のため、新たに子供をもうけることにはイレッタは賛成できなかった。これが最後、と皇帝を口説き落として身ごもったのがサフィリナである。

（少し前までは、本当に心配だったけれど……）

サフィリナに向ける目が、母親に限りなく近いものであることも自覚している。

生まれた直後から、サフィリナは身体が弱かった。しばしば熱を出し、咳込み、一週間床から離れられないのも当たり前のことだった。

だが、精霊に祝福されたからだろうか。このところ、サフィリナは急に元気になった。

昔の言葉で、サフィリナのような存在を『精霊の愛し子』と呼ぶのだという。サフィリナの守護精霊になったのは、鳥の姿をした精霊。

身体は小さいが、精霊としての力はかなり強いようだ。皇子達に、前の主のものだという知識を、惜しみなく与えているのをイレッタは知っていた。

多数の精霊を従えてもいるらしい。

（アズライト殿下のご様子を見られるとは思っていなかったわ）

サフィリナは留守番だから、アズライトの晴れ姿を見るのは諦めていた。出発前に挨拶に来てくれた時に、成長した姿を見せてもらっただけで満足していた。

――でも。

サフィリナの精霊であるユニカは、壁にアズライトや皇族達の様子を映して見せてくれた。護衛についていている夫、シグルドのことも。

（明日、帰ってきたら労わってやりましょう）

今夜のシグルドは、宴の警護にも参加する。戻ってくるのは明日の予定だ。きっと疲れているだろうし、いつも以上に労わってやろう。

「感謝いたします、ユニカ様。夫の姿まで見られるなんて……」

『ユニカは最高の精霊なのですよ。ユニカの好意はありがたく受け取るがいいのです』

「はい、ユニカ様」

明日、おやつの時間にはユニカの好きなクッキーも出すように手配しよう。できる乳母は、精霊にも気配りを忘れないのだ。

＊＊＊

いよいよ婚約披露の会が始まった。

（私とルビ兄様はすぐに帰るんだよねぇ……）

貴族達にも控室が与えられているそうで、皆、昼の装いから夜の装いへと身なりを変化させていた。色あざやかな女性達のドレス。きらきらと輝く宝石。

男性の身に着けている正装にも華やかな刺繍《ししゅう》が施されていて、まばゆいほどだ。

（……すごい）

前世では、こんな場に居合わせる機会なんてあるはずなかった。ただ、きらびやかな会場内に目を奪われていたら、くすりと笑ったルビーノに引き寄せられる。

「サフィは、僕と手を繋いでおこう」

「ん、わかった」

迷子になるはずもないけれど、ルビーノと手を繋いでいたらひょいと脇の下に手を差し入れられた。

「わわわわ！」

まるで赤ちゃんみたいに高く持ち上げられる。犯人はフェリオドールだった。いや、赤ちゃんと大差ない扱いでも諦めるしかないのだろうか。どうせ、まだ三歳だし。

「この方がよく見えるだろ？」

「フェリ兄上！　僕と手を繋いでたのに！」

ぴょんぴょんと飛び上がったルビーノは、フェリオドールに手を差し出す。だが、届くはずもなく諦めた表情になった。

「フェリにいさま、サフィは、ルビにいさまとてをつないでた。かってにもちあげるのはよくないとおもう」

脇からかっさらっていくのは、大人げない。

じっとりとした目で見据えてやったら、可愛い妹にそんな目で見られたフェリオドールは、目を泳がせた。

「サフィは、ルビにいさまとてをつなぐ！」

だいたい、いきなり脇の下に手を差し入れて持ち上げるとはどういう了見なのだ。レディの扱いがなっていない。

不満を口にしようとしたけれど、そこで口を閉じた。フェリオドールがしぶしぶ床に下ろしてくれたので。

「皆、今宵集まってくれたことに感謝する。アズライトと侯爵令嬢の婚約が無事に整った。今夜は、若いふたりを祝ってやってほしい」

父がそう挨拶すると、皆の前に婚約したふたりが進み出る。それから、サフィリナも兄とその婚約者が挨拶をするのを見守った。

（これで、私の出番は終わりだな……）

小さい子供が、こういった場に慣れないのは当然だから文句はないが、そろそろサフィリナは戻らねばならない。

「サフィ、まだ戻らなくていいですよ」

「僕達の……魔道具を見てほしい」

イレッタを捜してきょろきょろしていたら、ラミリアスとカイロスがサフィリナを引き止めた。

「みていいの?」

見せてもらいたかったけれど、今まで機会がなかった。それなら、完成した魔道具を見せてもらってから部屋に戻ろうか。

「もちろん!」

「……始まる」

会場内では、あちこちに人の輪が出来上がっていた。

そんな中、父の声が人々の注意をひきつける。

「見てもらいたい。今日は、ふたりを祝福して、ラミリアスとカイロスが新しい魔道具でふたりを祝いたいと言っているんだ」

どこからか聞こえてくる音楽。

そして、そこだけ白かった壁に、明るい絵が浮き上がる。

(まるで、ユニカに見せてもらったパレードの光景みたい!)

サフィリナの目が、壁に吸い寄せられた。

明るい音楽。そして、華やかに動く絵。そこに乗せられた役者達の声。

初めて見る光景に、人々の目が吸い寄せられる。

そこに描き出されたのは、ドラゴンに攫《さら》われた姫君と彼女を救出に行く騎士の物語。子供達もよく知っているこの国の伝説だ。

物語は終わり、騎士と姫君が城に凱旋《がいせん》するところで幕を下ろす。ぱちぱちと大きな拍手が沸き起こった。

「カイにいさま、ラミにいさま、すごいすごい！」

絵を動かす魔道具を作ると言っていたが、台詞や音楽までつけるとは。今まで、この国では見られなかったものに違いない。

周囲でも、ふたりの作った魔道具に感心する声が聞こえてくる。

「気に入ってくれましたか？」

「あい！　もちろん！」

両手を上げて気に入ったとアピールすれば、ラミリアスは嬉しそうに満面の笑みを浮かべる。

「……サフィの……おかげ」

「そうですね！　サフィのおかげです」

「んふふ、サフィもたのしかった！」

ふたりはサフィリナのおかげだというけれど、サフィリナは何もしていない。どちらかといえば、ユニカの功績の方が大きい。

『ユニカも手伝いますよ！』

ユニカの声がしたかと思ったら、真っ白な光が室内に飛び込んでくる。いや、光ではない。精霊達だ。

アズライトとローズマリーの周囲を精霊達が飛び回り、どこからともなく現れた花弁がふたりの上に降り注ぐ。

『精霊王の祝福ですよ！　ふたりとも、しあわせになるのです！』

アズライトとローズマリーは、顔を見合わせて微笑む。ふたりが幸せなのだと、サフィリナは実感した気がした。

第八章　末っ子皇女はみんなの愛に包まれる

中庭を歩いていたサフィリナは、ぐるりと視線を巡らせた。

『主様、どうなさったのですか？』

肩に止まったユニカがたずねた。

（うーん、なんか変な気配がするんだよねぇ。誰かに見られてるっていうか）

（それは、大変でございますっ！　ユニカは、まったく見られている気配は感じませんけれども！）

今の身分を考えれば、常に皆の目がサフィリナに向けられているのを当然のこととして受け入れているし、もう慣れた。

でも、今、サフィリナが感じている視線は違う。

（なんて言ったらいいんだろうね。もっと粘っこいっていうか……監視されてる？　値踏みされてる？　なんだろ、上手く言えないんだけど）

たとえば、侍女や侍従、護衛騎士達がサフィリナに向ける視線とはまったく違うもの。彼らがサフィリナに向ける目は、微笑ましいものを見る目だ。

家族がサフィリナに向けるのは、愛情いっぱいのまなざし。

サフィリナとして生きるようになってから、好意的な目ばかりを向けられていたから、違う感情の乗った視線には敏感になってしまっているのかもしれない。

『どうします？　犯人を見つけて抹殺します？』

「それは、いきなりぶっそうじゃないかな！」

こちらを見ているだけで抹殺するのはいかがなものか。家族の愛もかなり重いと思っていたが、ユニカの愛も重すぎである。

『そうはいっても、主様は皇女ですからね。害をなそうと思って見ている者がいるのであれば、警護を増やさねばなりませぬよ。あと、ユニカとしては抹殺を推奨いたします』

「そこで、そのはつげんがでるのは、こわいよユニカ！」

ユニカの相手を抹殺したいという意思はともかくとして、視線のことは家族に伝えた方がいいだろうか。

「……ユニカ？」

けれど、ユニカが何か物思いにふけっている様子を見せた。ユニカが、こんなところを見せるのは珍しい。

『なんでもございませぬよ、主様！』

サフィリナの視線に気づいたらしいユニカは、すぐに表情を取り繕う。ユニカの表情が、他の人にわかるかどうかは別として。

『主様、ユニカに任せてもらえませぬか？』

「ユニカのほうがおはなしじょうずだもんね」

子供の舌は未発達で、長文を上手に語るのは難しい。ユニカが話をしてくれるというのなら、ユニカに任せてしまおう。

夕食の席に向かうと、そこには家族が勢揃いしていた。サフィリナが口を開く。

「きいてほしいことがあるの」

『主様の身に危険が迫っているのですよ！』

生真面目なサフィリナの表情と、危険が迫っているというユニカの言葉に、家族の間にさっと緊張が走った。

「父上、人払いを」

「アズにいさま、そこまでしなくても」

アズライトが人払いを提案し、父はすぐに侍従以外を下げてしまう。まだ、前菜しか供されていないのに。

「悪いな、給仕は任せられるか？」

「お任せくださいませ、陛下」

残された侍従は、父が子供の頃から仕えている一番の古株である。彼は、信頼して大丈夫。

食事が中止にならなくてよかった、と声をあげたのはフェリオドールである。空腹だったようだ。

「……それで、サフィ。何を話したいのかしら？」

母がそう言うと、皆しんと静まり返った。

（めちゃくちゃ緊張するんですけど……？）

皆の視線が一斉に集中しているのを意識しながら、サフィリナは口を開いた。

「さいきん、すごくみられているの」

「それは、サフィが可愛いからでしょう？　僕もずっと見てたいもん」

「ルビにいさま、そうじゃなくて」

「ルビーノは……正しい……僕も、サフィを見ると、描きたくなる……」

「カイにいさま、それもちがう」

たしかに、サフィリナが歩いていれば視線を感じるが、そうではないのだ。敵意とも違う気がするけれど。

「ユニカは、どう思うんですか？」

『ユニカにはわかる……主様を嫁にしようと企む者の目ですよ！』

「は？」

ユニカに問いかけたラミリアスだけではなく、家族全員の声が綺麗に揃った。「は？」って
ここまで大音量になるものだったのか。というか、室内の温度が急激に下がった気がする。

「ユニカ……そうなの……？」

思わずぶるぶると震えてしまう。三歳児相手に嫁にしようって、相手は何を考えているのか。変質者か。

「……そういえば、ローズマリーが言っていました。サフィを迎えたいと願う者がいると」

「アズにいさま、サフィ、まだおよめさんにはならないよ？」

アズライトの婚約者、ローズマリー情報によれば、以前は寝室から出てくることすら少なかったサフィリナの存在を忘れている家臣さえいたという。

けれど、今は違う。

健康を取り戻した今、サフィリナが元気に走り回っているのを見かける貴族も増えた。常に、兄達のうちの誰かがそこにいて、妹を溺愛する様も目撃されている。

アズライトの婚約披露の場だの、カイロスの個展だのでも、サフィリナを見た者はたくさんいるだろう。

「いいんだよ、サフィ。ずっと、父様と母様と一緒に暮らそう」

「とうさま、それもどうかとおもうの」

娘を嫁にやりたくない父親の心境については様々な話を聞くけれど、いくらなんでもその気になるのは早い。

「だが、サフィを娶《めと》りたいという家が増えるのもわかるな――さすがに、話が早すぎるが」

父の目からしてもさすがにまだ早かったか。

今すぐに嫁に行けとか言われなくて本当によかった。前世で学んだ歴史の知識では、十歳になる前に結婚したケースだってあったので。

（……求められるのならありがたいのかな……？）

（主様、毒されてはなりませぬよ。主様に求婚しようだなんて図々しい！）

ひそひそと、ユニカと囁き合う。

「父上、どこの家か調べてもいいか？」

と、手を上げたのはフェリオドールである。

「サフィが視線を感じるというのなら、皇宮の深いところにまで入り込んでいるんだろ。それなら、皇宮に間者を送り込んでいる可能性もある」

「それはそれで、問題だね。フェリオドールに任せてはどうでしょうか？　見つけ出したら、どこの手の者か吐かせれば、すぐに片づくでしょうし」

長兄、次兄の発想が怖い。

間者って、そんなに気軽に送り込めるものなのか。あと吐かせるって、間違いなく穏便な手段以外も使うとアズライトの表情が語っている。

「では、俺は師匠と共に魔道具を設置して回りましょう。サフィに対して怪しい行動を取る者がいたら、即座に捕獲できるようなものを」

「ラミにいさまっ？」

ラミリアスの発言も怖い。そんな魔道具、どこにあるというのだ。まさか、今から、開発しようというのだろうか。

「……僕は、使用人の顔を見て回る……」

「カイにいさま？」

「使用人の顔は……全部覚えている……」

カイロスは、絵を描くということもあり、目についたものはなるべく記憶するようにしているそうだ。当然、使用人の顔は全部覚えていて、知らない者がいればすぐに気づくらしい。

（マジか！）

思わず、心の中で叫んだ。長期にわたって皇宮を留守にするのもしばしばなのに。

言葉遣いは悪いが、誰にも聞こえていないからぎりぎりセーフか。

「そうだな、俺達も覚えるようにはしているが……」

「顔は覚えていても、細かな癖などまでは覚えていないしね。変装している者もいるかもしれないし、そういう意味ではカイロスが適任かな」

フェリオドールとアズライトの言葉に、またもや心の中で叫ぶ。

（マジか！）

ふたりともにこやかな顔だが、それってかなりすごい才能ではないだろうか。癖まで把握しているとは。

たしかに、使用人の名前と顔を一致させておかなければなあとは思っていたのだ。いずれは、であって急務ではないと思っていた。それにしたって、ひとりひとりの癖まで把握するとかすごすぎる。

「僕は？　ねえ、僕は？　僕も手伝いたい！」

ルビーノが右手を上げて主張する。

「では、俺の魔道具の設置を手伝ってもらえますか？　俺では手の届かないところもあるので」

「わかった、任せて！」

ラミリアスでは手の届かないところって、どこだ。まさか、ルビーノでなければ入れないような狭い場所にまで魔道具を設置しようというのか。

（……前から思ってたんだけど）

この家族、愛情が重すぎである。

（嬉しい……ちょっぴり、いやだいぶ重いけど）

胸のあたりがホワホワとしてしまう。

皆の気持ちが、嬉しい。存在すらなかったことにされていた前世と比べたら、今の方がずっといい。

「サフィは？　サフィも、なにかする？」

今回、トラブルに巻き込まれているのはサフィリナなのだ。自分だけ、皆の陰に隠れているなんてできない。

けれど、兄達はぶんぶんと首を横に振った。

「サフィは、動かなくて大丈夫だよ」

「そうそう、僕に任せて！　どんな場所にだって、魔道具を設置する。ラミ兄上の手伝いをするんだ！」

柔らかく、何もしないようにと釘を刺すアズライトに、自分にも手伝えることがあると張りきるルビーノ。

「ん、わかった」

兄達がそう言うのなら、下手に動かないようにしよう。サフィリナにできるのは、そのぐらいなのだから。

「ルビーノ、お前にはもうひとつ、大事な任務を引き受けてもらいたい」

「はい、父上」

「サフィの一番側にいてほしいんだ。お前なら、一番自然に一緒にいられるだろうからな」

父の言葉に、ルビーノはぱちぱちと目を瞬かせる。そして、大きくうなずいた。

「わかりましたっ！」

父も、ルビーノを乗せるのが上手だ。けれど、いい手でもある。

アズライトやフェリオドールがサフィリナの側にいたら、警戒しているのがきっと相手にすぐばれてしまう。

その点、ルビーノならば安心だ。成人していないので、兄達より引き受けている公務が少なく、サフィリナといても不自然ではない。

（冷静に考えたらさ、私の縁談つぶして回るのまずいんじゃないの……？）

父はああ言ってくれたけれど、帝国の皇女たるものいつまでも実家にいてはまずいのではないだろうか。

（主様の意思にそむいて縁談を組もうとするのが間違いですよ！）

それは、あの時の会話でもああは言っていたけれど。それにしたって、やりすぎ……な気がする。


「さあ、サフィ。母様とお茶会に行きましょうね？」

「あい、かあさま」

サフィリナの部屋に入ってきた母は、今日は、黄色のドレスをまとっている。

皇宮に貴族の夫人を集めて、茶会を開くのだそうだ。そこにサフィリナを連れていく理由がわからないけれど。

イレッタがサフィリナに着せてくれたのは、母のものとデザインを揃えた黄色のドレス。スカートの下には、パニエをつけてふりふりのふわふわだ。

「母上、僕の支度はこれでいいですか？」

今日は、ルビーノも連れていくらしい。ルビーノは、母の前でくるりと回った。彼は紺色の上下。上着の袖口に黄色の線があしらわれているのと、シャツの襟の刺繍に黄色を使うことで装いを合わせている。

「ええ、素敵な王子様ね。サフィの側から離れないで」

「任せてください！」

とん、と胸を叩くルビーノは気合十分である。王子様ではなくて皇子様だが。

「母上、俺とカイも支度できました！」

「ふぇ、ラミにいさまとカイにいさまも？」

「……キツい」

次に顔を覗かせたのは、ラミリアスとカイロスである。普段はだらっとした格好をしているカイロスも、今日はきちんと服装を整えていた。

ふたりは、ルビーノと同じように黄色が使われた、お揃いの焦げ茶色の衣服を身にまとっている。王子様登場再びである。

「カイロス、そう襟を引っ張るものではありません。サフィに笑われますよ？」

母にそう注意され、ぎょっとした様子でカイロスはこちらに勢いよく振り返る。

「サフィ……笑う……？」

「わらわないけど！　でも、くびしまってないかしんぱい！」

「大丈夫ですよ。カイは慣れてないだけですからね。首が絞まっているわけではありません」

すかさず、ラミリアスが口を挟む。

それなら、いいけれど。

何しろ、カイロスは自由人である。

先日、個展を開いた時もここまできちっとした服装ではなかった。その彼が、ここまできっちりした服装をしているからには、何か事情があるのだろう。

「ふふふ、腕が鳴るわね。今日は――戦争よ！」

「かあさま？」

母の顔が怖い。戦争って、なんだ。

『愚か者！』

「ひゃあっ！」

ユニカの声がしたかと思ったら、母の頭を嘴でつんつんとつついている。さすがにちくちくするのだろう、母は情けない声をあげて頭を押さえた。

『主様の前で怖い顔をしてはいけませぬ！』

「……ああ、そうね。そうだったわ、ごめんなさいね、サフィ。ユニカも、教えてくれてありがとう」

『ふふん、ユニカはできる精霊なのですぞ！　あがめるがよい！』

母にまで態度が大きすぎやしないか。母の方も受け入れているようだけれど、ユニカがどこまで尊大になるのかはちょっぴり心配である。

ユニカは、サフィリナの肩に止まる。

「さ、行きましょうか」

気を取り直したらしい母は、子供達に向かって手を広げて合図する。母に手を引かれたサフィリナを先頭に、一行はサフィリナの部屋を出た。

すかさず背後にシグルド、イレッタが並ぶ。他の護衛騎士もついてくる。

「たいへんなことになってる」

「今日は、皇宮にたくさんの人が来るでしょう。窮屈だと思うのだけど、今日だけのことだから我慢できるかしら」

「あい、かあさま」

たしかに、大勢の人が来るのなら警護は厳重にしておくべきだ。いくら、この建物には魔道具による防御が施されているとしても。

「ああ、よかった。間に合った」

「今日に限って、訓練が長引くんだもんな！」

母に手を引かれて歩きながら、サフィリナは青ざめた。成人前の子供達だけならばともかく、アズライトやフェリオドールまで参加するだなんて。

アズライトは黒の上下、フェリオドールは暗い灰色の上下だ。弟達と同じように、彼らの衣服にも黄色が使われている。どこからどう見ても仲良し家族アピールである。

（大変なことっていうか、ものすごく大変なことになってる……！）

まさか、このあと父まで参加するとか言い出さないだろうか。子供とその母親だけの気軽なお茶会ではなかったのか。

茶会の会場となったのは、日当たりのいい広間だった。テーブルがいくつも設置され、すでに招待客は腰を下ろしている。

皇帝一族の入場が告げられ、皆すっと立ち上がった。

「よく来てくださったわね。まだ、皆、サフィリナとは顔を合わせたことはなかったかしら。よろしくお願いするわね」

母がサフィリナの背中を押す。挨拶をしろという意味だと判断し、サフィリナはにっこりと笑顔を作った。

「サフィでしゅ。よろしくおねがいしましゅ」

舌が絡まってしまったが、許される範囲だ。もう一度にっこり笑い、皆に手を振ってごまかしておく。

「まあ、なんてお可愛らしいのかしら」

「御病気と聞いていたけれど、すっかりよくなられたようね」

「我が家には、年の合う息子がいるの」

「娘を遊び相手に選んでくださらないかしら」

集まっている夫人達がひそひそと囁き合うのが聞こえてくる。

サフィリナに聞こえないようにしているのだろうけれど、しっかりと聞こえてしまった。

「……かあさま？」

「大丈夫よ。上手にご挨拶できたわね」

母が微笑んでくれたので、サフィリナも安堵《あんど》した。

「それから、こちらはサフィリナと契約し、守護についてくれた精霊のユニカです。皆、覚えてくれるわね」

続いた母の言葉に、今度はおお……という静かな声が広がっていく。

精霊との契約は、めったにないことだ。貴族達にとっては、サフィリナの利用価値がますます高くなったということでもある。

（待って、皆の目がギラギラしてきた気がするんだけど……！）

サフィリナは、一歩後ろに下がった。皇帝一族の娘で、家族に愛されていて、将来美女に育ちそうで、精霊の守護まで受けている。

（……優良物件だわ。我ながら、優良物件すぎる！　お金持ちでもあるし！）

（大丈夫、ユニカが怪しい者を近づけるような真似はしないのですよ！　ギラギラしている皆の目からサフィリナを隠すように、さりげなく兄達がかばってくれる。

「大丈夫、悪意を持った人は近づけませんからね。俺の魔道具は完璧です」

と、囁くのはラミリアス。

「見覚えのない者はいない……皆、正規の招待客」

まさか、カイロスは今日の招待客の顔まで全部覚えたというのか。ぎょっとして見上げると、彼は親指を立てて返してくる。

「さて、フェリオドール」

「任せてくれ、兄上」

アズライトとフェリオドールが、顔を合わせてニッと笑う。このふたり、何を企んでいるのだろう。

「さあ、サフィ。母様と一緒にお菓子を食べましょうね」

母は、サフィリナを側に座らせる。たくさんの子供がいるから、茶会用のテーブルには、高く作られた椅子も置かれていた。

「おちゃ、ください」

給仕の侍女に頼めば、砂糖とミルクたっぷりのお茶がカップに注がれる。子供用なので、半分以上がミルクだ。

「サフィリナはあまりにも愛らしいものだから、夫はもう嫁ぎ先の心配をしているのよ」

「気持ちはわかりますわ」

「ええ、目の中に入れても痛くないとはこのことですわね」

同じテーブルにいる夫人達は、母に話しかけられて嬉しそうに返してくる。このテーブルにいるのは、この茶会で一番重視されている招待客だという証でもある。

サフィリナの隣にいるルビーノ以外の兄達は、それぞれ別のテーブルに散っていた。招待客をもてなす役を引き受けているのだろう。

あとで、他の招待客と話をするために、あちこちテーブルを回ることになっているけれど。

「サフィのことを知りたいらしくて……近頃、新たに入る使用人が増えたのよ」

頬に手を当てて、母は嘆息する。

「その使用人達が、こそこそとサフィの様子を探っているみたいで……困ってしまうわ」

再び、ため息。テーブルに集まっている夫人達の間に、緊張が走った。背筋がぴしっと伸びている。

(もしかして、皆、心当たりがあるのかな……?)

(皇妃の右側の女は、掃除メイドを送り込んでますな。その隣の女は、厨房のメイドを。その

隣の女は、アズライトの侍従見習いを、その隣の女はルビーノの家庭教師)

(多すぎぃっ!)

というか、このテーブルにいる全員、誰かしら皇宮に送り込んでいるということか。

(それって、大丈夫なの……?　身元の確認とかしてないってこと……?)

(いえいえ、暗殺者とかではありませんからね。皆、きちんとした使用人や教師ですよ。ただ、ここで見聞きした情報を主家に流しているだけで)

実際、皇宮で働くためには貴族の推薦が必要である。その推薦の裏をとってはいるが、今ユニカが教えてくれた人達は、諜報員というより普通の使用人らしい。

たしかに、自分の息がかかった者を送り込むというのは情報を入手する上でかなりいい方法ではあるけれど、まさかこのテーブルの全員が同じことをしていたとは。

「まあ、皇妃様。そのような者がいるのですか?」

掃除メイドを送り込んできたという母の隣に座っている夫人が、おっとりと首を傾げて見せた。自分がやったことについては口を閉じておくことにしたらしい。

「ええ……掃除メイドがサフィリナの部屋をあさっていたので、今朝、解雇を申し渡したところ」

「……まあ!　姫様の部屋を?」

そうだったのか。知らなかった!　サフィリナの部屋をあさったところで、何も面白いものは見つからないと思うが。

（主様の好きなものを探ろうとしていたようですよ。あとは、弱みとか）

（弱みかぁ……）

三歳児の弱みを握ってどうするつもりだったのだ。

「厨房のメイドは、サファィリナの好物を探り出そうとしていたわ。彼女は、サフィリナのおやつにはまったく関係ないのになぜかしらね？」

厨房メイドを送り込んできた貴族女性の顔が青ざめる。

サフィリナの好物や苦手なものを知るのは、貴族達にとっては今やとても大切なことになっているらしい。サフィリナに近づく機会は少ないから、最大限有効活用しようということか。

アズライトの侍従見習いは、アズライトがサフィリナと会う時には仕事をサボってでもついていったし、ルビーノの家庭教師は、サフィリナの気を引きそうな絵本やおもちゃなどをやたらにルビーノに託そうとしていたようだ。

母が、頬に手を当てたまま語るそれらを聞いている女性達の顔は、みるみる青ざめていく。

「サフィは、婚約するにはまだ早いと思いますよ？」

まだ、何か言おうとしたけれど、母は目線だけで彼女達の言葉を封じてしまった。

「僕と……ラミリアスの方が……先」

「俺とカイロスもまだ早いと思いますが……俺達が婚約者を探す時は、サフィに何かした家の令嬢は、対象者から外しましょうね」

　ラミリアスとカイロスは、ふたりでひとつのテーブルを担当しているようだ。何か言いかけた夫人の言葉を、ラミリアスがぴしゃりと封じている。

　カイロスが言う通り、カイロスとラミリアスの結婚の方がサフィリナより先に決まるのが筋だろうが、彼らが結婚相手を決めるのももう少し先でいい。

「そうだな、父上はサフィを嫁がせるつもりはないようだぞ？　俺も、それでいいと思っている」

　と、明るく笑っているのは、さらに別のテーブルにいるフェリオドール。にこにことしているのに、目が笑っていない。

「ああ、そうそう――ランドル伯爵夫人」

「は、はい。殿下！」

「ランドル伯爵領の税の申告、金額がおかしかったらしい。近いうちに、調査官が行くそうだから、早めに修正しておいた方がいいぞ」

　フェリオドールの言葉に、伯爵夫人は目を瞬かせた。きっと、実務の方まで彼女は関わっていないのだろう。

「帰ってから、伯爵にそう伝えるといい」

「か、かしこまりました……殿下」

フェリオドールが、こんなにも厳しい声音を発するのを初めて聞いた気がする。

彼も、皇子なのだなと、改めて思った。今まで疑っていたというわけでもないけれど。

「……あ」

「し、失礼いたしました！」

クッキーに手を伸ばそうとしたら、侍女と手がぶつかった。

サフィリナの袖に、侍女が運んできたケーキのクリームがついてしまっている。

「今ならまだ間に合います。そちらで、クリームを落としましょう」

「今日は揃いの装いだから、落ちないと困るわ」

母が困ったように笑う。そう、今日は皆母の黄色に合わせて、黄色を使った装いだ。サフィリナだけ違うドレスになるのはちょっと困る。

「お、お任せくださいませっ、数分もあれば十分です」

「……あなたがそう言うのなら」

母がうなずいたので、サフィリナは侍女の方に手を伸ばした。彼女の顔には、見覚えがある。

母の侍女で、母と顔を合わせる時には、側にいることが多い人だ。

「……申し訳ございません、姫様」

「サフィもきゅうにうごいた。ちかたない」

侍女に手を伸ばし、椅子から下ろしてもらう。

「……待って。僕も行く」

ルビーノが手を差し出す。

「いえ、殿下。殿下はこちらでお待ちくださいませ」

にっこりと笑った侍女が、ルビーノを押しとどめようとした時。

「……ちょっと待って」

今度はカイロスが割り込んできた。違うテーブルにいたはずなのに、いつの間にここまで来たのだろう。

「……君、偽者。変装してるね?」

「え?」

「今、ケーキを出した時の動きが違った。君は、侍女じゃない。誰?　母上の侍女は、どこにやった?」

侍女を詰問するカイロスは、いつもとはまったく違う様子だった。侍女を睨みつけ、いつもは途切れがちな言葉もすらすらと出ている。

「……え?」

侍女と同様、サフィリナも困惑してしまった。ケーキを出した時の動きが違うってなんだ。

顔色を変えた侍女が、身を翻して逃走を試みる。心当たりがあったらしい。

「待て!」

フェリオドールの右手が翻る。

彼が投げつけた何か――おそらく魔道具――が偽侍女の背中に激突した。足をもつれさせた彼女は、その場に転倒する。広がったのは、大きな網。

「捕獲完了！　ラミの魔道具、効果抜群だな」

「投げた人の腕がいいんです」

網の中で暴れている偽侍女を手際よく拘束したフェリオドールはにかっと笑い、ラミリアスと手を打ち合わせた。

この間、わずか三十秒。実にあざやかな捕り物である。

「お前、母上の侍女はどこにやった？」

取り押さえた偽侍女にフェリオドールは問うが、口を引き結んで答えようとしない。

「……そうそう、サフィを誘拐しようとしても無駄だからね」

「ちょ、アズにいさま？」

隣のテーブルで、アズライトがとんでもないことを言い出した。誘拐ってなんだ。

「サフィについての情報を雇い主に流すぐらいなら、目こぼししてやってもよかったのだけれど……誘拐して、どうするつもりだったのかな」

じたばたともがいて網から抜け出そうとしている偽侍女を見て、アズライトはため息をつく。

「……彼女を送り込んできた家は覚悟をした方がいいと思うよ。私達は、許すつもりはないのだから」

サフィリナを誘拐して、どうするつもりなのだろう。

（ほら、アレですよ。誘拐して、皇女としての経歴に傷をつけてしまえば言うことを聞かざるを得ないってヤツです）

（むちゃくちゃな！）

いや、たしかに前世の創作物でもそういうネタは見かけたけれど。たしか、貴族令嬢は男性と一晩同じ部屋にいただけでも、お嫁にいけなくなってしまうのだとか。

そういう時は、男性の方が『責任を取る』形で、妻に迎えるらしい。現代日本では考えられないけれど、創作物の世界では山ほど見た。

それにしたって、今は三歳。そんな発想になる方が恐ろしい。

「我が家を敵に回すつもりなら、それでもかまわないけれど……」

アズライトが右手を上げると、サフィリナと同じテーブルにいた夫人達に、侍従達が歩み寄る。

「皆さんは、今日はここまで。あとで、ゆっくりと話をしましょう」

表情は笑みを形作っているけれど、アズライトの目は笑っていない。夫人達が顔を引きつらせている。

「それから、サフィには、守護精霊がついていることを忘れないように」

『しかたがありませんな！　皆、ユニカに注目するのですよ』

不意に振り返ったアズライトが、ユニカに声をかける。ぱっと飛び上がったユニカは、会場の中心の方へと飛んでいった。

『皆、注目するのですよ！』

ユニカの身体が、大きく膨らむ。サフィリナの肩に乗れるサイズから、サフィリナを乗せて飛べそうなほどに大きくなった。

身体の大きさを自由に変えられるらしいとは知っていたけれど、ここまで大きくなるとは思ってもいなかった。

『皆の者、注目するがいいのです。我が名はユニカ！　偉大なる魔女マルヴィナ・リドラの守護精霊であったユニカ！　ユニカは、サフィリナ皇女を新たな主に定めた。皇女に害を及ぼそうとする者は、魔女の鉄槌を受けると覚悟せよ！』

ユニカの声は、どこまでも大きく響く。

守護精霊を得た者は、ここ数十年の間出ていないという。ユニカの声に、あたりは騒然となった。

（とんでもない話を突っ込んできたな……！）

マルヴィナ・リドラの名は、サフィリナも知っている。

ラミリアスが解析していた魔剣は、彼女が開発したもののようだ。あと、周囲の景色が変わるすごろくも。

そんな偉大な魔女を守護していた精霊が、サフィリナの守護精霊になってくれるなんて。

『よいですか？　サフィリナ皇女に、余計な手は出さぬように！　皆、帰ってから家族にも伝えるのですよ！　伝えなかった場合、何が起こるかわかりませんからね……』

今度は、ユニカは参加者達を脅し始めてしまった。いいのか、それで。

だが、サフィリナが何か言えるところでもないので、ここはおとなしくしておこうと決めた。


その日のうちに、母の侍女は拘束されているところを発見された。大きな怪我はなく、数日で仕事に戻れそうだという話なので、一安心である。

夜になり、寝室でふたりきりになったところで、サフィリナはユニカに問いかけてみた。

「ねえ、ユニカ。ユニカは、どうしてサフィのけいやくせいれいになってくれたの？」

サフィリナの問いにユニカは黒い目をぱちぱちさせて、うーんと首をひねった。

『今から、ユニカは主様に昔話をします。ユニカの前の主様は、偉大なる魔女でした』

「いだいなるまじょ？」

『はい。主様もご存じです。偉大なる魔女です』

この国で、偉大なる魔女といえば、マルヴィナ・リドラをおいて他はない。まさか、ユニカがマルヴィナ・リドラの精霊だったなんて。

『前の主様は、愛を求めておられました。ユニカの愛では足りなかったのですねぇ……』

そう口にしたユニカは、しょんぼりとする。

偉大なる魔女であっても、愛を求めるのはやめられなかったのだろうか。

ユニカはさらに説明してくれる。

「そうなの？」

ユニカの前の主は、家庭的に恵まれない人だった。

捨て子だったのを魔力の才能に気づいた魔術師が拾って弟子とした。その時、マルヴィナ・リドラという名前が与えられたそうだ。

大人になったマルヴィナは、強大な力を持つ魔女となり、たくさんの弟子を育て、尊敬はされていた。だが、彼女の求める愛情だけは与えられなかった。

弟子達は彼女を大切に思っていたけれど、そこにあるのはあくまでも尊敬の念。彼女が求める家族としての愛情は与えられないままだった。

『前の主様は、ユニカにこう言ったのです。前の主様と同じぐらい強い力を持ち、愛を求める者を次の主に選びなさい、と。けれど、ユニカは、探して、探して、探したのでございます……別の世界にまで飛んで、主様を。ユニカは、主様にお会いしとうございました』

「……え？」

『主様を見つけるのに、五百年もかかってしまいました』

ということは、こちらの世界に転生するきっかけは、ユニカだったのか。ちらちら見えていた記憶は、マルヴィナ・リドラのもの。

ということは、つまり。

日本に生まれる前は、この世界にいたのか。ユニカの前の主として。

（……でも、たしかに愛されたかった）

愛されたいと願う者だけならば、きっとユニカはたくさん見てきただろう。

偉大な魔女の知識を受け継ぐだけの能力を持った者もいたかもしれない。

けれど、ユニカはサフィリナを見つけ出してくれた。長い時間をかけて。

「ユニカ」

『なんでございましょう……？　もしかして』

ユニカの身体が震えているのが、なんとなく伝わってくる。大丈夫、サフィリナは怒ってなんかいない。

「ありがとうね、このせかいにつれてきてくれて」

『主様……』

たしかにちょっと重いと感じることもあるけれど、家族に愛されているのだから幸せだ。

「ユニカ、おっきくなって」

『……これでよろしいです？』

「もっとはやく、このぐらいおおきくなれるよっておしえてくれたらよかったのに。ふわふわでしゅてき」

膝に乗れるサイズになったユニカを抱きしめれば、ふわふわとした羽が頬をくすぐる。

家族に愛されて、精霊に愛されて、幸せだ。本当に幸せ。

（もっともっと、皆にも愛をお返ししたいな）

与えられるだけじゃなくて、サフィリナからもお返しできるようになりたい。それは、これから当分の間、サフィリナの課題になりそうだった。

エピローグ

「にいさま、にいさまたちどこいった？」

サフィリナは、ぐるぐると歩き回っていた。今日は一緒に遊ぶと約束してくれていたのに、誰も見つけられない。

「姫様、すぐにお兄様達は見つかりますよ」

心配しているのか、イレッタが一緒に歩いてくれる。イレッタがいてくれるのはありがたいけれど、今日約束をしていたのは兄達なのだ。

「ユニカもいないし……！」

ブンとむくれた顔になる。

どうして皆、サフィリナを置いていなくなってしまったのだろう。

「サフィは、ごきげんななめ！」

忙しい兄達が一緒に遊んでくれる機会は少ないのに、誰もいないなんてどうかしてる。

だいたい、ユニカはサフィリナの精霊ではなかったのか。サフィリナの護衛を放置して、どこに行ったというのだ。

「可愛い妹よ、ご機嫌斜めは困るな」

「……アズにいさま。あそんでくれるっていってたのに、いなかった。みんな、いない。サフィはもっとごきげんななめ」

むぅとむくれた顔になれば、アズライトはサフィリナを抱き上げて頬ずりする。そんなことではごまかされないぞ、とサフィリナは顔をそむけた。

「んんん、困ったね……可愛いサフィが、そんな顔をするなんて」

そう言うアズライトの方が困った顔をしている。今日のサフィリナは甘くないのだ。困った顔をしても、ごまかされない。

「でも、理由があるからね、許してくれたら嬉しいな」

サフィリナを抱き上げたまま、アズライトは大股に歩き始めた。いったい、どこに行くというのだろう。

「あ、来た来た！　兄上、遅いぞ！」

フェリオドールが手を上げる。

そこには、テーブルが用意されていた。たくさんの花に囲まれたテーブルには、兄達が座っている。

「クッキーは、足りていますか？」

「……待ちくたびれた」

足りないものがないかテーブルを確認しているのはラミリアス、お腹を押さえているのはカイロスだ。カイロスの服には絵の具がはねたあとがある。直前まで、アトリエにいたのかもしれない。

「びっくりした？　ねえ、びっくりした？　今日は、サフィとゆっくり過ごそうと思って準備したんだよ」

テーブルの側にいたルビーノが、ぱたぱたとこちらに向かって走ってくる。アズライトが、そっとサフィリナを地面に下ろすのを待っていたように、ルビーノはサフィリナに抱きついた。

「次は俺の番！」

フェリオドールが、サフィリナを抱き上げて頬ずりする。勢いが強すぎて首がもげそうだ。

「フェリにいさま、いたい！」

「悪かった。サフィがあまりにも可愛くて、つい」

あまりにも可愛いで首がもげるのは困るのだが……。

「サフィ！」

「遅いですよ！」

ラミリアスとカイロスには両側からぎゅうぎゅうと挟まれる。数十年ぶりに顔を合わせたような勢いだが、今朝の朝食も一緒に食べた。

「……びっくりした」

先ほどまで斜めだったサフィリナの機嫌は、一気に直った。

テーブルの上には花が飾られていて、そこにはたくさんのお菓子とお茶。

『ユニカも、お手伝いしたのですよ！』

飛んできたユニカが、サフィリナの肩に止まった。ユニカが手伝ったって、何を手伝ったのだろう。

「サフィ。席に座って」

ルビーノはサフィリナの手を引いて、テーブルの方へと案内する。椅子を引き、一人前のレディみたいに座らせてくれた。

『さあ、皆歌うのですよ！』

ユニカの号令で、集まった精霊達が歌い始める。

優しい兄達がいて、ユニカがいて。なんて、完璧な幸福なのだろう。

「みんな、ありがと！」

サフィリナが礼の言葉を述べると、精霊達の歌声がひときわ大きくなる。向こう側から、両親が連れだってこちらに向かって歩いてくる。護衛についているのはシグルドだ。

（……完璧！）

この世界に生まれてよかった。今、そう確信している。

END

あとがき

雨宮れんです。

このところ、小さな子達がわちゃわちゃ出てくるお話を書くことが多かったのですが、今回はなんと五人のお兄さんがいる女の子が主人公です。一番年下の子は、家族の中でも特に可愛がられることが多いようですが、お兄ちゃん達も、たった一人の妹は特別に可愛いだろうなと思いながら書きました。

今回苦労したのは、お兄ちゃん達の台詞ですね。ちゃんと私と僕と俺で使い分けていたはずなのに、一人称がごちゃごちゃになってしまって大変でした（笑）

今回イラストは、Nyansan先生にご担当いただきました。五人のお兄ちゃんに囲まれる美幼女……可愛い……最高……と、ディスプレイを拝みました。

そして、どの挿絵もサフィが可愛くて最高です。特に、フェリオドールの剣を持てないシーンのイラストは、あまりにも可愛くてにやにやしてしまいました。お忙しい中、お引き受けくださりありがとうございました。

担当編集者様、今回も大変お世話になりました。これからも、どうぞよろしくお願いします。

あとがき

ここまでお付き合いくださった読者の皆様もありがとうございます。『末っ子皇女に転生したら、五人の兄たちの愛が凄すぎる！』楽しんでいただけたでしょうか。
ご意見、ご感想お寄せいただけたら嬉しいです。

雨宮《あまみや》れん

末っ子皇女に転生したら、五人の兄たちの愛が凄すぎる!

2025年3月5日　初版第1刷発行

著　者　雨宮れん

発行人　菊地修一

発行所　スターツ出版株式会社

〒104-0031　東京都中央区京橋1-3-1　八重洲口大栄ビル７Ｆ
TEL　03-6202-0386（出版マーケティンググループ）
TEL　050-5538-5679（書店様向けご注文専用ダイヤル）
URL　https://starts-pub.jp/

印刷所　大日本印刷株式会社

ISBN　978-4-8137-9426-4　C0093　Printed in Japan

［雨宮れん先生へのファンレター宛先］
〒104-0031　東京都中央区京橋1-3-1　八重洲口大栄ビル７Ｆ
スターツ出版（株）　書籍編集部気付　雨宮れん先生